LA TOUR DE GUET

TOME 1

Les éditions de la courte échelle inc.
160, rue Saint-Viateur Est, bureau 404
Montréal (Québec) H2T 1A8
www.courteechelle.com

Révision: Martin Labrosse

Dépôt légal, 2ᵉ trimestre 2012
Bibliothèque nationale du Québec

La courte échelle reconnaît l'aide financière du gouvernement du Canada par
l'entremise du Fonds du livre du Canada pour ses activités d'édition. La courte
échelle est aussi inscrite au programme de subvention globale du Conseil des Arts
du Canada et reçoit l'appui du gouvernement du Québec par l'intermédiaire de la
SODEC.

La courte échelle bénéficie également du Programme de crédit d'impôt
pour l'édition de livres — Gestion SODEC — du gouvernement du Québec.

Catalogage avant publication de Bibliothèque et Archives nationales
du Québec et Bibliothèque et Archives Canada

Patenaude, Eve

    La tour de guet

    L'ouvrage complet comprendra 3 v.

    Sommaire: t. 1. Le jardin de statues.

    Pour les jeunes de 10 ans et plus.

    ISBN 978-2-89651-393-2 (v. 1)

    I. Titre. II. Titre: Le jardin de statues.

    PS8631.A829T68 2012   jC843'.6   C2011-942392-8
    PS9631.A829T68 2012

Imprimé au Canada

Eve Patenaude

LA
TOUR
DE
GUET

LE
JARDIN
DE
STATUES

la courte échelle

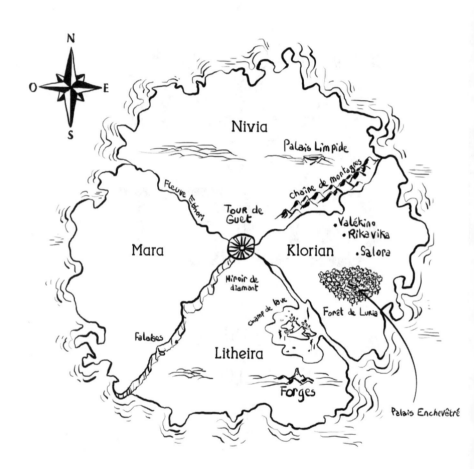

« Encore bonne fête, Ariane ! »

CHAPITRE 1

— Okireï, regarde ! Une île, droit devant !

Le démon des vents s'avance à la proue du navire de brume qu'il partage avec sa compagne, Noénia, une divinité des eaux. Il y a déjà plusieurs semaines qu'ils ont quitté le continent et qu'ils sillonnent les mers en quête d'un bout de terre où s'établir. Et voilà qu'au loin apparaît enfin ce qu'ils recherchent : une ébauche d'île, à peine esquissée sur les flots. Un monde vierge plein de promesses.

Okireï sourit en enlaçant Noénia.

— Oui, ce sera parfait.

Ils mettent pied à terre, impatients de façonner les lieux à leur goût. Ils utilisent leurs pouvoirs magiques afin de donner vie à l'île.

— J'aimerais que nous ayons un désert de roc et de sable, que je balaierais de mon souffle de temps à autre, pour lui donner un nouveau visage, déclare Okireï.

Noénia, en bon esprit des eaux, fait la grimace.

— Je préférerais un marais où pourraient patauger toutes sortes de créatures.

— Peut-être plutôt une plaine verte et vigoureuse, propose encore Okireï.

— Ou bien une contrée recouverte de glace et de neige, un endroit empreint d'une grande pureté...

Les deux démons se consultent du regard. Incapables d'arrêter leur choix sur un écosystème en particulier, ils choisissent de faire tout cela. Ils divisent donc l'île en quatre domaines, modelant le terrain au gré de leur fantaisie. Au nord, une étendue de glace étincelante prend le nom de Nivia. À l'est, une immense plaine verdoyante au centre de laquelle s'étend une forêt majestueuse est baptisée Klorian. Au sud, un désert ponctué de pierres est appelé Litheira. Et à l'ouest, un mélange d'eau et de glaise forme un gigantesque marécage qu'ils nomment Mara.

L'île reçoit le nom de Posséteira, ce qui signifie « terre des possibles ».

Noénia et Okireï la peuplent ensuite d'animaux merveilleux, parfaitement adaptés à chacun des climats. Puis, ils se rappellent les humains, des créatures qu'ils appréciaient particulièrement, du temps où ils habitaient le continent. Ils décident d'en concevoir quelques-uns et de les disperser dans les quatre territoires, espérant qu'ils seront assez forts pour y survivre.

Heureux de ce qu'ils ont accompli, les deux démons engendrent par la suite quatre couples de jumeaux. Dès que ceux-ci atteignent l'âge de régner, leurs parents leur confient un domaine : Nivia est remis aux Sœurs Blanches, Klorian aux Sœurs Vertes, Litheira aux Frères de Pierre, et Mara aux Frères Silencieux.

Avant de les envoyer au loin, chacun chez soi, Noénia et Okireï exposent leur volonté à leurs enfants.

— Vous devrez vous occuper de votre territoire, commence Noénia, le faire croître, être à l'écoute de sa faune et de sa flore afin d'en assurer la subsistance. Veillez à porter une attention particulière aux humains, que nous chérissons entre tous. Vous aiderez vos voisins en leur fournissant les matériaux et les denrées qui leur font défaut.

Okireï intervient :

— Il vous est formellement interdit de vous emparer de la plus infime partie des terres de vos frères et sœurs. Nous vous avons donné ce que vous devez posséder ; soyez-en satisfaits.

— Celui ou celle qui enfreindra nos conditions se verra retirer son domaine et tous ses pouvoirs, ajoute Noénia. N'espérez pas vous soustraire à notre vigilance. De la Tour de Guet, rien ne nous échappera.

Les huit jeunes démons s'inclinent devant leurs parents, promettant de se conformer à leurs ordres. Puis, ils quittent le giron familial.

Mille ans ont passé depuis, et chaque couple de jumeaux dirige toujours fin seul le territoire qui lui a été attribué, enfermé dans un château construit à son image. Sous le regard omniscient de Noénia et d'Okireï, les relations entre les frères et sœurs sont demeurées respectueuses quoique distantes, se résumant à des échanges de vivres et de matériaux.

À l'intérieur même des domaines cependant, l'harmonie règne difficilement. Ce n'est pas sans raison que Noénia et Okireï ont choisi de remettre le sort de chacun des quatre territoires entre les mains de deux démons plutôt que d'un seul. Trop souvent par le passé, sur le continent, ils ont vu des royaumes soumis aux caprices et à la cruauté d'un unique tyran, à qui le pouvoir était monté à la tête. Pour éviter qu'une telle chose se produise dans leur petit monde, ils ont partagé défauts et qualités entre les jumeaux d'une même paire, pour que les plateaux de la balance s'équilibrent.

Dans les Forges de Litheira, le palais occupé par les Frères de Pierre, la répartition des traits de caractère n'aurait pu être plus tranchée : aux antipodes l'un de l'autre, Amuleï et Mérikir s'entendent comme chien et chat. Alors que le premier incarne la générosité de la terre fertile, le second est aussi explosif qu'un volcan, aussi destructeur que la lave incandescente qui s'en déverse, en plus d'être d'une incommensurable prétention. Rien ne peut faire obstacle à son ambition... sauf Amuleï. Sans lui pour freiner Mérikir dans ses élans belliqueux et ses rêves d'invasions, leurs parents lui auraient retiré le droit de régner depuis longtemps.

Au cœur de la montagne qui chapeaute les Forges souterraines, les journées s'écoulent en une suite ininterrompue de conflits.

— Nos Sœurs Vertes, quelles profiteuses ! Nous gaspillons nos précieux minéraux sur les terres de Klorian, et elles n'ont rien à nous offrir en échange !

— C'est faux, Mérikir. Elles nous fournissent plus de bois que nous ne pouvons en rêver, ainsi que des fruits et des légumes pour les hommes.

— Je n'en ai rien à faire, de ces arbres morts, la pierre est mille fois plus durable ! Pour ce qui est de la nourriture... eh bien, ces humains peuvent bien mourir de faim, je m'en moque !

— Oh, Mérikir, nous en accueillons si peu, comparativement à nos voisins... À défaut de leur offrir des conditions climatiques plus favorables, nous nous devons de leur fournir de quoi se nourrir.

— Qu'ils aillent plutôt vivre ailleurs, ces parasites !

— Tu oublies que nos parents nous ont fait promettre de prendre soin d'eux, comme du reste du domaine ! s'emporte Amuleï. Ils sont sous notre protection !

— Ah, tu m'énerves !

Sans prévenir, Mérikir envoie une poignée de poussière au visage d'Amuleï. Les deux frères se jettent l'un sur l'autre. Les grains s'entremêlent, avant que leurs propriétaires les rappellent. Le corps des jumeaux de

Litheira est constitué d'un nuage de fine poussière, faite de tous les minéraux de l'île. Ils peuvent modifier leur apparence selon leur désir, en réorganisant leurs particules. Plus elles s'éloignent les unes des autres, plus Amuleï et Mérikir se font insaisissables, un peu comme de la fumée. À l'inverse, si elles se resserrent, leur masse devient solide, aussi dure que le roc.

Les silhouettes se reforment en tourbillonnant, face à face. Mérikir crache alors une gigantesque étincelle, qui illumine les parois de la caverne. Il l'envoie en direction d'Amuleï. Celui-ci ne perd pas une seconde : une boule étincelante fuse aussi d'entre ses lèvres et va éclater contre celle de Mérikir. La déflagration aveugle les deux frères, qui reculent d'un pas. Dès que la lumière s'estompe, Mérikir siffle entre ses dents :

— Un jour, lorsque nos parents baisseront leur garde, je débarrasserai Litheira de toutes ces bestioles inutiles que tu insistes pour garder.

Amuleï lève les yeux au ciel.

— Arrête un peu de me rebattre les oreilles de tes délires de despote...

Mais Mérikir ne l'écoute pas et poursuit sur sa lancée.

— Puis, j'étendrai mon pouvoir de la côte occidentale à la côte orientale de l'île et annexerai les autres domaines au mien. Je commencerai par Klorian, le plus fragile, celui qui dépend tellement des richesses de la terre. J'enverrai mes lombrics de pierre ronger les racines de tout ce qui ose pousser là-bas. J'assécherai leurs terres, les viderai de tous nos minéraux. Les arbres de la forêt de Luria s'effondreront les uns après les autres, et le domaine tombera entre mes mains !

— C'est moi qui engraisse les sols de nutriments. Cela ne se fera pas tant que je serai là.

— Eh bien, dans ce cas, je devrai me débarrasser de toi.

Amuleï soupire.

— Tu ne peux rien contre moi. Nos forces s'équivalent.

— Peut-être, réplique Mérikir avec un sourire en coin, mais je suis plus rusé.

Amuleï enregistre ces menaces et se promet de se tenir sur ses gardes. Sauf que Mérikir n'est pas seulement rusé ; il est aussi sournois et manipulateur.

Et une cinquantaine d'années plus tard, le vent tourne en sa faveur.

Amuleï est inquiet. Il y avait un moment déjà qu'il sentait s'affaiblir le regard de ses parents, tourné depuis mille ans sur lui, sur son jumeau et sur ses autres frères et sœurs. Mais voilà qu'au cours des derniers jours, il semble s'être complètement éteint. L'impression rassurante d'être encadré, guidé (« freiné », dirait Mérikir) a disparu. Amuleï n'a jamais éprouvé une liberté aussi totale... ni un aussi grand vide intérieur, comme si on l'avait abandonné. Il est désorienté.

Mérikir, lui, exulte et ricane tout seul dans son coin, l'œil mauvais. Amuleï a bien tenté de le convaincre d'envoyer aux nouvelles quelques-uns des feux follets, leurs domestiques, mais il n'a essuyé que des refus. Il se promet de revenir à la charge. Et si son frère n'accepte toujours pas d'entendre raison, il en enverra quand même.

— Amuleï! appelle Mérikir du balcon suspendu à flanc de montagne. Viens voir ça!

Amuleï laisse ce sur quoi il travaille — un projet de mine de cuivre, près de la frontière de Klorian — et traverse les appartements qu'il partage avec son frère et qui constituent la partie la plus grandiose des Forges. Ils occupent tout l'espace aménageable de la montagne. Avec ses flancs abrupts et son sommet percé de fenêtres, ce pic rocheux que Mérikir et Amuleï ont fait surgir des profondeurs ressemble presque à une tour. Le reste du château est entièrement souterrain.

Les murs de la pièce sont irréguliers, suivant le tracé naturel de la roche mise à nu. Ici et là miroitent les tourmalines, les aigues-marines et les topazes, enchâssées dans la pierre aux stries multicolores. De grands blocs de quartz pâle diffractent le jour qui pénètre dans la pièce par les carreaux, tout en haut du donjon. Une large ouverture donne sur le balcon, à mi-chemin entre le sol et le sommet de la construction. Amuleï réorganise ses particules et prend la forme élancée d'un félin. Il bondit dans les escaliers, qu'il gravit en moins de deux. Mérikir l'accueille sur le balcon avec un sourire. Il a pris la forme originelle des Frères de Pierre, qui ressemble à celle d'une méduse géante. L'un de ses fins tentacules est posé sur la tête de son kiakal favori, cet animal du désert aux pattes longues et minces, le plus féroce carnassier de tout le domaine. Ses oreilles étranges sont enroulées plusieurs fois sur elles-mêmes comme les pétales d'une fleur.

Dès qu'il voit Amuleï apparaître, l'animal grogne et montre les dents.

— Contemple ma nouvelle œuvre! dit Mérikir en désignant le jardin des Forges, dans lequel rien ne parvient à pousser à cause de la chaleur extrême des fours souterrains.

— Oh non! s'exclame Amuleï. Qu'as-tu fait?

Une colonne de roc émerge du sol et s'élève jusqu'au ciel, presque aussi haut que la montagne. Six branches se déploient autour du tronc minéral et pointent dans toutes les directions. Au bout de chacune d'elles, une petite bête différente est retenue prisonnière.

— Mais... ce sont des silkas! s'écrie Amuleï. Les serviteurs des Sœurs Vertes!

Dans la forêt de Luria, refuge des démones de Klorian, ces créatures fabuleuses sont capables de prendre la forme de tout animal qui la peuple. Mais maintenant, faibles et loin de chez eux, les silkas ne peuvent plus emprunter que l'apparence d'oiseaux déplumés ou de minuscules rongeurs.

— Tu es un fin connaisseur, à ce que je vois, le complimente Mérikir. Pholia et Radixa les avaient dépêchés à la Tour de Guet, pour découvrir ce qui est arrivé à nos parents, j'imagine. Je n'ai eu qu'à les cueillir près de la frontière. C'est magnifique, n'est-ce pas ?

— Non, c'est horrible !

— Ah, tu n'aimes pas ça... Je suis déçu.

— Les pauvres bêtes vont finir par mourir, si elles ne retournent pas rapidement à Klorian, et nos sœurs ne s'en remettront pas ! Pourquoi as-tu fait une chose pareille ?

— Pour embellir notre jardin. Il était indigne de notre rang. Et j'admets que l'idée de contrarier nos voisines n'est pas pour me déplaire... C'est tout ce qu'elles méritent, elles qui exploitent nos ressources sans vergogne.

Il ajoute avec un sourire mauvais :

— Et maintenant que nos parents ont enfin cessé de nous épier, j'ai décidé de m'amuser un peu.

— Mérikir, tu es d'une telle cruauté ! Il faut les libérer !

— C'est bien, je trouve, comme décoration. Mais j'avoue que ce n'est pas suffisant pour remplir notre jardin. Alors, si tu y tiens...

Mérikir fait un geste du tentacule dans la direction du poteau.

— Oui, j'y tiens ! répond Amuleï.

Il gonfle ses particules et adopte une forme de grand rapace noir, à la huppe ébouriffée. Lorsqu'il se laisse tomber de la rambarde du balcon, le vent se prend dans ses ailes de poussière et l'emporte jusqu'à la colonne. Les silkas poussent des cris de détresse en voyant le

démon s'approcher. Amuleï tend ses serre.
branche et se pose près d'un petit oiseau. Il p
tête sur les griffes de pierre qui le retiennent pris
Puis, il crache quelques étincelles scintillantes de
La roche se désagrège aussitôt. Le silka ouvre ses a.
abîmées. Il plane tant bien que mal jusqu'au sommet c
la montagne et se perche sur le rebord d'une fenêtre. Il
lisse ses plumes ternies en observant ses compagnons
toujours captifs, comme s'il attendait qu'ils soient
tous libérés avant de prendre son envol pour Klorian.
Amuleï quitte son perchoir pour libérer une deuxième
victime, quand soudain, un immense choc secoue son
corps. Il hurle.

— Mérikir, à l'aide! Que m'arrive-t-il?

Il se sent dégringoler et tente de rassembler ses particules, qui voltigent au hasard. Le rapace se décompose,
part en fumée.

— Mérikir! supplie de nouveau Amuleï.

Avant qu'une nouvelle explosion le pulvérise, il
entend le rire machiavélique de son frère résonner
dans le jardin des Forges. Puis, une boule éblouissante
le percute, et les particules de son corps sont projetées
dans toutes les directions à la fois. Le silka qui vient
d'être secouru pousse un cri perçant.

Le vent disperse ce qui reste du corps d'Amuleï en
un rien de temps.

Mérikir agite ses tentacules pour éteindre les flammes
qu'y ont laissées les bombes de feu projetées sur Amuleï.

— Lorsqu'on t'attaque de dos, tu es tellement vulnérable, mon frère ! Et maintenant, tu ne pourras plus te mettre en travers de ma route. Bon débarras !

Un petit nuage de poussière volette en tourbillonnant jusqu'à lui.

— Tiens, je vais conserver ça en souvenir de toi !

Mérikir referme ses tentacules sur les débris sombres et rentre dans la montagne avec son kiakal. Il les verse dans un flacon de cristal qu'il ferme hermétiquement, puis qu'il dépose sur une tablette d'ardoise, bien en vue. Il recule de quelques pas pour admirer son trophée tout neuf. Dehors, le silka donne des coups de bec contre la vitre en signe de protestation. Mérikir envoie d'une pichenette une étincelle vers le carreau, qui vole en éclats. L'oiseau pousse un cri d'effroi et s'envole en zigzaguant vers l'est, dans l'espoir de retrouver sa forêt verdoyante.

CHAPITRE 2

Le vent d'ouest souffle fort, ce jour-là, et refuse de laisser tomber ce qu'il transporte. Une bonne partie des particules d'Amuleï franchit donc les limites orientales de Litheira, avant de remonter un peu vers le nord. Tout en bas sont cultivés des champs aux mille couleurs, entre lesquels s'étendent de vastes plaines vallonnées. Au centre des terres se trouve la gigantesque forêt de Luria. C'est là que résident les sœurs Pholia et Radixa, les démones reines de Klorian.

Passé la forêt, la brise s'affaiblit graduellement, comme si la cime des arbres avait aspiré sa puissance. Les quelques poignées de poussière qui restent du corps d'Amuleï virevoltent encore un peu dans les airs, avant de se déposer à l'orée d'un petit bois.

Il n'y a plus qu'un soupçon de conscience dans les débris de roche éparpillés entre les brins d'herbe.

Mais cela suffit à Amuleï pour survivre à la trahison de Mérikir. De toutes ses forces, il rappelle ses particules à lui. Avec difficulté, les minuscules grains de pyrite, de malachite, de béryl et de grenat se meuvent, vibrent et rampent sur la terre grasse. Ils se rassemblent autour d'un cube de magnétite à peine plus gros qu'une tête d'épingle. Une forme commence à apparaître, floue d'abord, mais qui finit par se préciser : un ako, lézard des bois doté de pattes à deux doigts, long d'une vingtaine de centimètres. Mais contrairement aux akos ordinaires, qui ont la peau jaune clair, celle d'Amuleï a pris une teinte d'un noir aussi profond que le charbon. Seuls quelques reflets argentés l'illuminent.

Épuisé par tant d'efforts, Amuleï se traîne entre les racines d'un arbre mort, pose sa tête sur le sol frais et sombre dans un profond sommeil. Quelques heures passent sans que rien vienne le troubler.

Puis, un petit bruit filtre entre les arbres, trop ténu pour tirer Amuleï de sa léthargie. Des pas, rythmés par une mélodie sifflotée. Les feuilles mortes crissent au loin, puis de plus en plus près de sa cachette. Amuleï, terrassé par la fatigue, ne se réveille pas.

— Ah, en voilà d'autres ! s'exclame une voix masculine. Irin va être contente !

L'homme s'accroupit devant un bosquet aux branches garnies de feuilles vertes striées d'argent. De ses doigts, il creuse la terre sous le plant et en arrache une masse ronde, à la peau orangée toute ratatinée : c'est un goïbo, un tubercule comestible très apprécié à Klorian pour son goût délicat et sucré. L'homme le laisse tomber dans son panier. Il fouille le sol à nouveau et parvient à en extraire quatre autres goïbos. Ensuite, il repousse la terre dans le trou, pour bien protéger les racines.

Il se lève, fait quelques pas de plus en direction de la souche au creux de laquelle s'est réfugié Amuleï. Tout près de lui se déploie un panache de feuillage vert et argenté : un autre pied de goïbos.

L'homme déterre six nouveaux tubercules et les met dans sa corbeille. Mais l'humus qu'il déplace en grattant le sol tombe sur Amuleï et finit par le réveiller. Le minuscule démon remue sous la couche noire et grasse. Intrigué par le mouvement, l'homme se penche au-dessus de lui.

— Qu'est-ce que c'est que ça ?

Il balaie du revers de la main la terre qui couvre le corps d'Amuleï et caresse sa petite tête sombre, à l'éclat métallique. L'animal le regarde, épuisé.

— Quel adorable petit ako, luisant comme du mercure ! Et Irin qui adore ces créatures... Je vais la lui apporter, tiens, elle sera ravie !

Avec précaution, il glisse sa main sous le ventre d'Amuleï et le soulève. Celui-ci se laisse faire sans broncher, apathique.

— C'est bien la première fois que je vois un ako de cette couleur, dit l'homme en approchant l'animal de son visage. On dirait une pierre...

Amuleï referme les yeux avec un faible soupir. L'inconnu le dépose dans son cabas, par-dessus sa récolte de goïbos. Puis, il prend le chemin du retour. Il quitte le couvert des arbres et descend dans le vallon, où une vingtaine de cabanes sont dispersées autour d'un étang. Il se dirige vers l'une d'elles, un peu à l'écart des autres.

— Reïmo! s'écrie une femme lorsque l'homme soulève le rideau tressé qui sert de porte à la hutte.

Elle se lève pour l'accueillir. Son ventre est gonflé comme un ballon.

— Tu ne dors pas, ma chérie?

— Non, le bébé n'arrête pas de gigoter. Il est en train de me rendre folle!

— Ce sera un enfant énergique, c'est signe de bonne santé!

— Oui, mais pour le moment, moi, je me retrouve avec des cernes qui me descendent jusqu'au menton!

— Attends, j'ai ici quelque chose qui va te remonter le moral. Regarde...

Reïmo dépose le panier sur la table et en sort Amuleï. Dans les grosses mains placées en coupe, le petit corps noir est roulé en boule, comme une tête de violon.

— Oh, un bébé ako!

— Il te plaît?

— Oh oui! Et quelle teinte magnifique... On dirait de la suie mélangée à de la poussière d'argent. Je peux le prendre?

— Bien sûr. Tiens.

Irin cueille l'animal avec délicatesse entre ses paumes. Amuleï, mou comme de la guenille, n'esquisse pas le moindre geste.

— Il semble mal en point..., observe Irin. Où l'as-tu trouvé ?

— Entre les racines d'un arbre mort. À côté d'un plant de ces énormes goïbos.

Disant cela, Reïmo tapote son panier. Irin sourit.

— Je vais essayer de le remettre sur pied. Dis, mon chéri, on peut le garder ?

— Tu auras le temps de t'en occuper ? Tu te plains tout le temps d'être fatiguée...

— Bah, de toute façon, je suis incapable de dormir. Ça va me changer les idées. Et le pauvre, il a besoin de soins.

— Alors, c'est décidé ! Quel nom vas-tu lui donner ?

— Hmm...

Irin passe son doigt le long de la colonne vertébrale de l'animal, dure comme le roc.

— Il me fait penser à un bout de bois calciné... Que dirais-tu de Kalcio ?

— Kalcio..., répète Reïmo. Oui, ça me plaît !

CHAPITRE 3

Assis sur une bûche devant le feu de camp, Reïmo se tord les mains d'angoisse. La sage-femme écarte le rideau qui ferme l'entrée de la hutte.

— C'est une fille ! Elle est en pleine santé !

— Une fille ! s'émerveille Reïmo. J'ai une fille !

Il se précipite à l'intérieur en bousculant la sage-femme. Elle rit, habituée aux effusions qui suivent la naissance d'un enfant. Sur le lit, les draps sont en désordre, rougis par endroits. Irin est couchée sur le côté, le bébé lové contre elle. Devant ce spectacle, Reïmo perd ses moyens.

— Tu... tu vas bien ? bafouille-t-il.

— Oui, murmure Irin. Approche... Alaka aimerait faire ta connaissance.

Il s'avance en douceur, attendri par ce minuscule être vivant, et pose sa main rude sur le crâne recouvert de duvet châtain.

Dans sa corbeille, Amuleï lève la tête. En trois mois, il a réussi tant bien que mal à reprendre des forces. Bien que fragile, son corps, tel un aimant, n'a cessé d'attirer une à une ses particules dispersées. Portées par le vent, certaines d'entre elles ont répondu à son appel. Mais l'ako n'est plus qu'un pâle reflet du démon des Forges qu'il était naguère. Las, il passe le plus clair de son temps endormi dans sa corbeille d'osier, enfermé dans son mutisme.

Cette nuit-là pourtant, il quitte son nid douillet. L'arrivée de ce petit humain encore plus vulnérable que lui le touche, emplit son cœur de pierre de compassion. Il s'approche du lit où sont étendues Irin et la petite Alaka, et grimpe dessus.

— Alors, Kalcio, dit Reïmo, ça t'intrigue, cette bestiole à peine plus grosse que toi?

Irin rit doucement et attire l'animal près d'elle en tapotant le matelas.

Amuleï avance la tête vers celle du bébé. Alaka a les yeux ouverts et remue bras et jambes de façon désordonnée. Irin la tourne sur le côté pour qu'elle puisse voir l'ako. L'enfant pousse des cris aigus en s'agitant de plus belle.

Amuleï rassemble son énergie en un point incandescent qui part de ses entrailles et remonte le long de sa gorge. Du bout du museau, il touche Alaka entre les deux yeux. Une microscopique étincelle s'allume et s'éteint aussitôt.

— Regarde, Reïmo, il lui donne un baiser...

Le bébé se met à pleurer.

— Peut-être qu'elle a eu peur..., s'inquiète Reïmo en prenant Amuleï dans ses mains.

— Je crois plutôt qu'elle a soif. Tu veux du lait, ma chérie ?

Reïmo replace l'ako dans sa corbeille, tandis qu'Irin met au sein l'enfant. Amuleï s'assied et la regarde téter goulûment.

« À toi, Alaka, première fille de mes bienfaiteurs, songe-t-il, j'offre la faculté de percevoir la réalité avec une extraordinaire acuité. Si le démon de pierre qui règne désormais seul sur Litheira est incapable de la moindre compassion, toi, tu en auras pour mille. Tu sauras juger du premier coup d'œil de la bonté ou de la cruauté d'autrui, et tu sentiras venir les désastres avant qu'ils soient sur toi. Ainsi, peut-être pourrai-je les prévenir..., si un jour j'en retrouve la force. »

❧

— Pauvre Kirkilu, soupire Reïmo en donnant de grands coups de brosse sur l'échine de sa bête de somme, le bras passé par-dessus la barrière de l'enclos. Ton pelage est en piteux état ! Voilà ce qui arrive lorsqu'on est mal nourri...

L'okoma, un énorme carnivore argenté aux taches décolorées, reste impassible. Sa fourrure est terne et râpée comme celle d'un ourson usé, mais ses yeux jaunes luisent d'intelligence. Domestiqué par les habitants de Klorian, les okomas communs aident à l'exploitation de la terre. Kirkilu sert aussi de monture à Reïmo, lorsque celui-ci part en quête de nourriture dans la plaine. Les proies qu'ils parviennent à capturer sont, depuis quelque temps, de plus en plus petites...

Alaka, maintenant âgée de deux ans, joue dans le sable aux pieds de son père. Un voisin passe près d'eux et engage la conversation avec Reïmo.

— Alors, ce sera pour aujourd'hui, à ce qu'on dit ?

— Oui, ça dure depuis quelques heures déjà...

Des gémissements de douleur leur parviennent de l'intérieur.

— Comme tu peux le constater, ajoute Reïmo en secouant la brosse de Kirkilu pour en faire tomber les poils morts, j'essaie de me changer les idées comme je peux !

Ils rient et discutent encore un moment. Mais rapidement, le sujet dévie vers la préoccupation de l'heure.

— Les récoltes sont lamentables cette année encore..., se plaint le voisin.

— Depuis la naissance de ma fille, la terre ne cesse de se dessécher, les champs de s'appauvrir. J'aurai à peine de quoi nourrir ma famille, cet hiver ! Ah, dans quel monde accueillons-nous nos enfants...

Reïmo jette un regard protecteur sur Alaka.

— Allons, répond son voisin, ce ne sont pas des pensées bien gaies pour un homme sur le point de devenir père pour la deuxième fois !

— Pardonne-moi. Tu as bien raison. Je suis seulement un peu nerveux, à attendre comme ça sur le pas de la porte... Je me sens tellement impuissant !

C'est alors que la tête de la sage-femme apparaît, derrière le rideau tressé.

— C'est un beau garçon !

— Un garçon ?

Reïmo attrape Alaka et la soulève au-dessus de sa tête.

— Tu as entendu ça, ma chérie ? Tu as un petit frère !

Le voisin ayant pris congé après de chaleureuses félicitations, ils entrent dans la hutte pour voir le nouveau-né.

— Nous l'appellerons Lioro, dit Irin.

— Li... roro ? répète Alaka avec application.

Les parents rient.

— Ça signifie « Oiseau d'or », explique Irin à sa fille. Regarde ses cheveux : on dirait des plumes dorées...

— Liroro ! Liroro ! fait Alaka en frottant son nez sur le ventre du bébé.

Puis, cédant la place à son père, elle va chercher Amuleï. À petits pas, elle revient près du lit, tenant l'ako entre ses mains minuscules. Elle fait les présentations :

— Kalcio, Liroro.

Elle dépose l'animal sur le matelas. Comme il l'a fait deux ans plus tôt avec elle, Amuleï approche son visage de celui du bébé, et une étincelle passe entre eux. Avec elle, une partie de l'énergie des Forges lui est transmise.

« Pour toi, petit garçon aux cheveux d'or, pense Amuleï, j'ai un cadeau bien particulier : tu sauras visualiser précisément les environs dans un rayon d'un kilomètre, comme si tu avais un sonar dans le crâne. Si Mérikir nous envoie ses créatures maléfiques, tu les verras venir de loin. Par ailleurs, parce que parfois être prévenu du danger ne suffit pas à l'éviter, tu maîtriseras un moyen de défense extraordinaire : la capacité d'émettre une note dévastatrice, pouvant détraquer le cerveau de tes assaillants. Un cri qui rend fou. »

Épuisé par tant d'efforts, l'ako se laisse tomber sur la paillasse, à côté du bébé. Lioro, contrairement à sa sœur, n'a pas pleuré lorsque la flammèche lui a brûlé la peau. Il gazouille et regarde autour de lui, nouveau-né curieux de découvrir le monde dans lequel il vient d'être accueilli.

CHAPITRE 4

Dix années ont passé, marquées par des pluies de plus en plus rares, un climat de plus en plus chaud et sec, des récoltes toujours plus maigres. Autour de l'étang asséché du village de Valékino, l'herbe grasse a disparu. Dans les jardins au sol craquelé, les légumes ne poussent plus. Seul celui de la famille de Reïmo donne encore carottes, concombres et haricots, qui sont partagés entre les villageois.

Klorian n'est plus que l'ombre de lui-même.

Leurs racines sans cesse attaquées par les feux insidieux des Forges, plaines et boisés sont tombés entre les mains de Mérikir. Dans la forêt de Luria, dernier bastion à résister à l'impitoyable démon de pierre, les Sœurs Vertes se terrent. Elles contemplent, impuissantes et amères, leur domaine autrefois luxuriant se transformer en désert.

Depuis quelque temps, Alaka ne se sent pas bien du tout.

Le don que lui a fait Amuleï douze ans plus tôt s'est révélé être un cadeau empoisonné. Fatigue, malaises, étourdissements, nausées, vomissements..., ce ne sont là que quelques-uns des symptômes qui s'emparent d'elle à l'approche d'une catastrophe. Et en ces temps de crise pour Klorian, les désastres s'enchaînent : conflits entre villageois au sujet du partage des maigres prises de chasse, mort de compagnons de jeu sous-alimentés, épidémies dévastatrices... Tout ce mal qui règne affecte Alaka à la puissance dix. Reïmo, affligé par l'hyper-sensibilité maladive de sa fille, décide, lorsqu'elle atteint l'âge de huit ans, de l'initier à l'art du combat au bâton. L'exercice ne pourra que l'endurcir, espère-t-il. La fillette n'a d'ailleurs elle-même de désir plus cher que de surmonter sa faiblesse. Dès les premières leçons, elle s'entraîne dur et progresse rapidement. Elle parvient même à tirer avantage de son handicap : en situation de combat, elle anticipe les gestes de son adversaire avec une facilité déconcertante. Cependant, malgré ses efforts, les symptômes demeurent et l'obligent à garder le lit plus souvent qu'à son tour. C'est que les calamités n'épargnent pas le village de Valékino.

Ce jour-là plus que jamais.

Pour remédier à l'assèchement de l'étang — désormais réduit à une flaque d'eau de moins d'un mètre de profondeur —, les hommes du village ont dû se résoudre à creuser un puits en bordure de Valékino. Armé de sa pelle, Reïmo quitte la hutte pour rejoindre les autres. Le pan de la porte n'est pas encore retombé qu'Alaka est prise de vertige. Elle s'appuie sur la table.

— Ça va, ma chérie ? lui demande Irin.

— J'ai... j'ai mal au cœur...

Assis en tailleur sur sa paillasse, le visage caché derrière une mèche de cheveux blonds, Lioro répare le manche effiloché de son fouet. Il a opposé un refus catégorique à son père, qui lui proposait de suivre les leçons de combat au bâton avec Alaka. « Trop violent », a-t-il décrété, faisant allusion aux fractures possibles. « Mais donnez-moi un fouet : j'effrayerai mon assaillant en le faisant claquer dans les airs. » Peu enclin à se battre, il n'ose imaginer devoir un jour utiliser son arme autrement. De toute façon, grâce au sonar qui lui permet de voir venir le danger, il pourra fuir lorsque celui-ci se présentera. Ainsi, il n'aura pas à blesser qui que ce soit.

Lorsqu'il entend les paroles d'Alaka, Lioro lève les yeux de son travail et fronce les sourcils. Irin et lui échangent un regard inquiet. Ils savent trop bien ce qu'annoncent ces symptômes.

— Viens t'étendre un peu, ordonne Irin en la soutenant jusqu'à son lit. Je vais te préparer une compresse d'eau fraîche.

— Non, il n'y a presque plus d'eau..., proteste Alaka.

— Il en restera toujours assez pour te soigner.

Alaka s'assied sur sa couchette et se penche au-dessus d'une cruche, dans laquelle elle régurgite son maigre déjeuner. Dans le panier qu'il ne quitte que rarement, Amuleï se lève et observe la jeune fille, soucieux.

Douze ans après avoir été pulvérisé par son frère, il est plus ou moins parvenu à se recomposer. Ses particules perdues ont trouvé leur chemin jusqu'à lui, portées par le vent. Amuleï a quadruplé de volume, faisant la fierté d'Irin. Il est même parvenu à constituer un champ de force capable de repousser les effets de la mystérieuse sécheresse loin du foyer de ses bienfaiteurs ; grâce à lui, le potager a pu être sauvé. Sauf que depuis un an, plus rien. Il est loin d'avoir regagné toutes ses facultés magiques, mais on dirait qu'une partie de son corps refuse de lui revenir. Le puissant démon qu'il était autrefois doit se contenter de cette vulgaire peau d'ako, et de quelques pouvoirs rudimentaires.

Le soleil traverse le ciel pour atteindre son zénith. Terrassée par la fièvre, Alaka tremble de tous ses membres, et la sueur ruisselle sur son front. Elle vomit de plus en plus violemment. Son état commence à effrayer Irin. Lorsque des traînées rougeâtres apparaissent dans les sécrétions de bile de sa fille, elle se lève.

— Lioro, dit-elle, je vais aller chercher Reïmo. Je n'aime pas ça... C'est la première fois qu'elle crache du sang... Quelque chose de terrible se prépare.

— D'accord, je vais rester avec elle.

Le garçon s'agenouille près de la paillasse d'Alaka et essuie avec un linge les gouttelettes qui perlent à son front. Irin soulève le rideau tressé. Soudain, Lioro sursaute. Avec son sonar, il a perçu quelque chose d'anormal.

— Mère, les hommes du village... Ils s'en vont !

— Quoi ?

Lioro presse ses doigts sur ses tempes et se concentre. Dans son esprit, le plan de Valékino apparaît, avec chacune de ses huttes, chacun de ses habitants. Quelques centaines de mètres après la dernière cabane du village, un trou profond a été creusé. Les ouvriers qui s'activaient jusque-là autour sont en train de s'en éloigner. D'autres silhouettes se dessinent sur la carte mentale. Elles abandonnent les huttes et emboîtent le pas aux hommes.

— Les femmes et les enfants quittent leur foyer aussi... Tout le monde s'en va !

Irin passe la tête par la porte. Elle hèle sa voisine qui vient de sortir de chez elle, son fils de six ans sur les talons.

— Arabel ! crie-t-elle. Où vas-tu ?

La femme ne semble pas l'entendre et poursuit sa route avec des gestes mécaniques.

— Arabel ! Nati !

Mais le petit garçon ne réagit pas davantage aux appels d'Irin. Troublée, elle rejoint Lioro à l'intérieur.

— Et ton père ?

— Tu sais bien que mon sonar ne me permet pas de repérer une personne en particulier... J'imagine qu'il se trouve avec les autres.

— Où vont-ils donc ?

— Vers le sud.

Amuleï se redresse dans sa corbeille et pousse un cri étranglé qui ressemble à une toux sèche. Irin demande encore :

— Mais qu'est-ce qu'il y a par là ?

— Je ne sais pas.

— Tu vois quelque chose avec ton sonar ?

— Non, c'est comme d'habitude : la colline, l'ancien petit bois aux goïbos, et après, la plaine sèche.

— Cette histoire a certainement quelque chose à voir avec l'état de ta sœur. Ça ne peut vouloir dire qu'une chose : ton père est en danger ! Je vais aller voir... Toi, reste avec Alaka.

L'ako crache une nouvelle fois.

Depuis que Reïmo l'a trouvé entre les racines de l'arbre mort, Amuleï est demeuré muet comme une carpe, économisant ses forces pour l'occasion où il en aurait vraiment besoin. L'heure est venue : il doit parler. Mais, la voix enrouée par des années de mutisme, il ne réussit qu'à émettre un chuintement inintelligible.

Alaka ouvre les yeux et s'assied brusquement dans son lit. Ses cheveux châtains mi-longs, qu'elle porte toujours noués sur le dessus de la tête, se sont détachés. Humides, ils lui collent à la peau.

— Attendez..., fait-elle d'une voix rauque. Kalcio veut dire quelque chose...

Irin se penche au-dessus d'elle et essuie la trace de sang qui tache ses lèvres.

— Kalcio ne peut pas parler, ma chérie... C'est la fièvre qui te fait délirer. Repose-toi. Lioro va te soigner pendant que je vais voir ce que font ton père et les autres. Ne t'inquiète pas, je reviens bientôt.

Elle sort de la hutte. Alaka se laisse retomber sur le matelas.

Amuleï bondit hors de son panier et saute sur le lit de la jeune fille. Elle tourne la tête vers lui. L'ako ouvre la gueule ; une sorte de feulement s'en échappe.

— Que veux-tu me faire comprendre, toi ?

— Dan... dan... g...

— Quoi ? s'écrie Alaka en se soulevant sur un coude. Lioro, Kalcio essaie vraiment de communiquer !

L'ako se contracte et fournit un effort supplémentaire. Un frisson parcourt sa peau de poussière.

— Dan... ger ! articule-t-il enfin d'une voix rocailleuse. Elle... n... ne doit pas y... aller !

Alaka et Lioro se regardent, stupéfaits.

— Il... il vient de parler, là ? bafouille Lioro.

— Oui !

— Impossible !

Voilà bien une chose inconcevable pour l'esprit cartésien de Lioro. Il saisit l'ako entre ses mains et plonge son regard dans le sien.

— Tu n'as pas prononcé le moindre mot depuis que je suis venu au monde !

— Votre... votre mère... ne doit pas y aller ! Elle doit rester près de moi !

Alaka attrape la cruche posée près de sa paillasse et vomit une nouvelle fois. Amuleï réitère ses avertissements :

— Irin ne doit pas les suivre... Ils sont tous en danger ! Ton sonar, Lioro !

Bien qu'abasourdi, Lioro obéit. Il sonde les environs.

— Mère... Je ne sais plus où elle est, dans toute cette foule... Je crois qu'elle s'en va avec eux !

— Elle s'en va..., répète Amuleï d'une voix blanche. Il est trop tard pour elle.

— Je vais la chercher !

— Non !

Amuleï a retrouvé toute sa voix maintenant. Son cri, clair et fort, résonne dans la hutte. Arrêté dans son élan, Lioro le regarde, pétrifié.

— Reste près de moi, explique Amuleï. Sinon, tu ne pourras résister à la tentation de les suivre, toi aussi. Je ne sais pas exactement ce qui les attend au sud, mais ce ne peut être qu'un grand malheur. Mérikir est là-dessous. Je sens sa puissance à l'œuvre.

— Mérikir... de Litheira ? demande Alaka, avec effroi.

— Lui-même.

Lioro tressaille, et Alaka laisse échapper une plainte.

— Mais c'est une catastrophe ! Du plus loin que je me souvienne, ce monstre essaie d'écraser Klorian... Nos parents courent au devant d'un grand péril !

Amuleï acquiesce, l'air grave. Lioro retient un sanglot.

— Mère et père..., chuchote-t-il, ils vont revenir ?

— Je ne sais pas, répond Amuleï. Tout ce que nous pouvons faire pour l'instant, c'est attendre.

Alaka gémit sur sa couche. Lioro se rassied près d'elle et lui touche le front. Il est brûlant. Il retire sa main, dépose une nouvelle compresse dessus et cache son visage dans le creux de son bras.

Le soleil se couche sans que Reïmo et Irin soient rentrés.

Lioro et Amuleï savent maintenant pourquoi Alaka se sentait aussi mal.

CHAPITRE 5

Le lendemain, il est près de dix heures lorsque Lioro et Alaka finissent par se lever. Il faut dire qu'ils avaient eu toutes les peines du monde à s'endormir. De plus, ils sont habitués à être réveillés dès le point du jour par les bruits d'ustensiles raclant les parois d'un chaudron, par les pleurs d'enfants affamés, par les voix graves des hommes du village qui discutent en sellant leur monture pour la chasse. Mais ce matin-là, un silence irréel plane sur le village de Valékino. Pas le moindre son ne vient le briser. Alaka reste paralysée sur sa couche, oppressée. Elle tend l'oreille, priant de toutes ses forces pour entendre son père plaisanter avec le voisin. Juste une fois. Mais le silence s'éternise.

— Alaka? fait une toute petite voix, qui, pourtant, résonne dans la hutte.

— Oui, Lioro?

— Tu te sens mieux, ce matin ?

— Hmm-mm. Je suis seulement un peu faible.

— Alors, c'est que le danger est passé.

Alaka s'assied dans son lit et passe la main sur sa nuque.

— Mais nos parents ne sont toujours pas revenus ! Nous nous retrouvons seuls... Je ne comprends pas comment je peux me porter mieux...

Elle serre les genoux contre sa poitrine. Amuleï se lève dans son panier pour intervenir.

— Ça signifie que, du moins pour tout de suite, Lioro et toi ne serez pas emportés comme les autres vers le sud.

Alaka, pas encore tout à fait à l'aise avec les aptitudes inattendues de leur ako domestique, l'observe avec un mélange de crainte et d'émerveillement. Malgré l'étrangeté de la situation, elle s'adresse à l'animal :

— Comment peux-tu en être aussi certain ?

— Tes symptômes disparaissent aussitôt que la catastrophe est passée. Si vous étiez sur le point de vous jeter aussi dans la gueule de Mérikir, tu le sentirais au fond de tes entrailles : tu serais assaillie par une angoisse si intense qu'elle te renverserait. Tu finirais par tomber aussi malade qu'hier... peut-être même plus.

Alaka le considère avec perplexité.

— Tu en sais beaucoup sur ce qui se passe en moi, pour un animal de compagnie... D'un autre côté, si tu n'étais que ça, tu ne parlerais pas, n'est-ce pas ?

— Tu as raison : je suis bien plus qu'un ako apprivoisé. Et pour ce qui est de ton hypersensibilité, évidemment que je la comprends : c'est moi qui t'en ai fait présent.

Alaka et Lioro échangent un regard étonné.

— Quoi ? s'écrient-ils en chœur.

— J'admets que je n'avais pas imaginé tous les malaises que ce don te causerait. Je te dois des excuses. Au moins, tu ne sembles pas trop souffrir de mon deuxième cadeau.

— Deuxième ?... répète Alaka.

— Le flair que tu as pour déterminer la valeur des gens à l'instant où tu les rencontres. C'est infaillible.

Assis sur sa paillasse, Lioro se penche vers Amuleï.

— Mais...

— Oui, Lioro... Pour ton sonar, c'est la même chose. C'est moi qui t'ai accordé cette faculté à ta naissance. J'étais plus en forme, ce jour-là.

Dubitatifs, les enfants se taisent. Ils réfléchissent.

— Vous n'êtes pas certains de me croire, constate Amuleï. Je ne vous en veux pas, tout cela est tellement soudain... Sachez seulement que j'ai fait ça pour remercier vos parents de m'avoir recueilli alors que j'étais au plus mal. Après le traitement que je venais de subir, autant de compassion m'a touché.

— Mais comment aurais-tu pu nous transmettre ces... « dons » ? demande Lioro.

— Je possède certains pouvoirs. Attendez, je vais vous rafraîchir la mémoire.

45

Amuleï ouvre la gueule et crache deux étincelles scintillantes. Elles volettent devant lui en faisant de petits bonds dans les airs, avant de s'avancer, la première vers Alaka, la seconde vers Lioro. Comme elles touchent le front des enfants, ils ouvrent grand les yeux. Des flashs défilent dans leur tête, des sensations plutôt que des images. Le premier jour de leur vie.

— Oui, cette brûlure..., murmure la jeune fille en frottant avec son index un point entre ses sourcils.

— Comme si quelqu'un allumait la lumière dans le noir..., ajoute Lioro en fermant les paupières.

Il frissonne et revient à lui. Alaka dit :

— J'ai toujours trouvé étrange que, de tous les enfants du village, nous soyons les deux seuls à être aussi bizarres...

Lioro semble alors réaliser quelque chose.

— Nous sommes également la seule famille dont le potager donne encore quelques légumes... C'est grâce à toi ?

— Oui. J'aurais voulu étendre mon sortilège de protection aux jardins des autres villageois, mais pour le moment, mes capacités restent limitées.

Les enfants prennent quelques minutes pour assimiler ces révélations. Alaka en profite pour se lever et se préparer une tartine. Puisqu'elle était trop malade, elle n'a rien mangé la veille et commence à avoir l'estomac dans les talons. Une tranche de pain sec recouverte de beurre de noix à la main, elle fait remarquer :

— Enfin, tout cela ne change rien pour nos parents. Litheira... Ça semble dangereux, là-bas.

— La plus grande menace reste Mérikir lui-même, précise Amuleï. C'est un esprit cruel, ambitieux et sans scrupule. Son unique objectif est de s'emparer de Klorian, pour ensuite s'attaquer aux autres domaines.

— Avec la sécheresse qui sévit depuis toutes ces années dans la vallée, conclut Lioro avec amertume, il est sur le point de parvenir à ses fins...

Alaka intervient.

— Il y a quelque chose que je ne comprends pas. On nous a appris tout petits l'histoire des huit démons : les domaines sont censés être dirigés par un couple de jumeaux qui s'équilibrent, pour éviter que Posséteira sombre dans le chaos... À Klorian, ce sont les sœurs Pholia et Radixa qui font régner la paix. Alors, le jumeau de Mérikir, qu'est-ce qu'il fait ?

Amuleï soupire.

— Mérikir a effectivement un frère... Il se nomme Amuleï.

— Pourquoi n'arrête-t-il pas tout ça ? s'emporte Lioro en serrant les dents. Il laisse Mérikir attaquer Klorian, et maintenant, nos parents sont à sa merci !

— Pour Mérikir, Amuleï représentait un obstacle sur le chemin du pouvoir. Il y a douze ans, il s'est donc débarrassé de lui. Depuis, on ne l'a plus jamais revu à Litheira.

— Il l'a tué ?

— Pas tout à fait. Mais j'imagine que Mérikir, lui, le croit. Et c'est sans doute mieux ainsi.

Alaka avale sa dernière bouchée de pain et demande, intriguée :

— Comment se fait-il que tu saches tout ça, Kalcio ?

Amuleï, après un court silence, répond :

— Il faut que je vous dise... Kalcio n'est pas mon véritable nom. C'est celui que votre mère m'a donné lorsqu'elle m'a recueilli.

Il les regarde bien en face.

— En fait, je m'appelle... Amuleï.

Alaka et Lioro échangent un regard consterné.

— A... Amuleï..., bafouille Lioro. Comme le démon disparu de Litheira ?

— Oui. Cet Amuleï-là.

— Mais ça veut dire que...

— ... que je suis le frère de Mérikir.

CHAPITRE 6

En l'absence d'Irin et de Reïmo, les enfants décident de se partager les tâches quotidiennes. Lioro passe un long moment dans l'enclos de Kirkilu, le vieil okoma de la famille, à le brosser, à lui donner à manger et à changer la paille de sa litière. Quant à Alaka, elle s'entraîne une heure au bâton, avant de s'occuper d'aérer les matelas, de balayer la hutte, et de cuisiner les légumes cueillis par Lioro dans le potager. Ils prennent surtout soin de ne pas s'éloigner d'Amuleï.

— Tant que vous resterez auprès de moi, leur a-t-il expliqué, vous n'aurez rien à craindre de Mérikir. J'ai activé un champ de force que le maléfice ne peut percer. Mon frère et moi sommes faits de la même matière. Nous nous repoussons comme des aimants de même pôle.

En après-midi, l'ako accepte d'accompagner les enfants qui tiennent à aller nourrir les animaux de leurs voisins. Ils ne rentrent qu'au coucher du soleil. Amuleï s'étend dans son panier ; c'est lorsqu'il est immobile que l'énergie requise pour maintenir le champ de force lui coûte le moins. Il entend Alaka et Lioro parler à l'extérieur de la hutte, mais à voix trop basse pour qu'il parvienne à discerner le sujet de leur discussion. Alors, lorsqu'ils entrent, s'agenouillent devant lui et lui font part de leur intention, Amuleï tombe des nues.

— Nous souhaitons aller à Litheira, déclarent-ils d'une même voix.

— Pardon ?

Lioro hoche la tête pour signifier à Amuleï qu'il a bien compris.

— Nous devons délivrer nos parents et les autres villageois, ajoute Alaka. Nous y avons pensé toute la journée. Nous voulons vraiment le faire. Et comme nous sommes perdus sans toi, il faut que tu nous accompagnes... S'il te plaît.

Amuleï se met à s'agiter dans sa corbeille d'osier.

— Mais c'est de la pure folie ! Mérikir est trop puissant ! Tout ce dont je suis capable, c'est d'empêcher que des légumes se déshydratent et de rendre les jeunes filles malades en croyant leur offrir un don fabuleux !

— Tu as dit que tu réussissais à le repousser, rappelle Alaka.

— Oui, mais dans une certaine mesure seulement ! Il est parvenu à me terrasser quand nous nous battions à armes égales, alors maintenant, vous imaginez ! Je ne suis plus qu'un vulgaire ako qu'un pauvre petit champ de force épuisé...

Alaka n'abandonne pas.

— Il faut quand même faire quelque chose. Nous ne pouvons pas laisser nos parents marcher jusqu'aux Forges et tomber entre les griffes de Mérikir !

— Qu'allons-nous faire sans eux ? ajoute Lioro en essuyant ses yeux gonflés de larmes. Bientôt, nous n'aurons plus de provisions, et nous ne savons pas chasser...

Le silence s'installe, entrecoupé par les reniflements du garçon. Assis dans son panier, Amuleï réfléchit. Sa conclusion tombe comme un couperet.

— Je ne peux pas. Je suis désolé.

— Mais, Amuleï..., proteste Alaka.

— Je comprends votre point de vue, mais je vous le dis : je suis trop faible. Sans doute serais-je capable de vous faire traverser la frontière de Litheira sans que vous succombiez au mauvais sort de Mérikir. Mais même si nous retrouvions vos parents, je ne pourrais rien pour eux. Je n'ai pas le pouvoir de conjurer l'envoûtement de mon frère.

Amuleï fait une pause de quelques secondes et clôt la discussion.

— Il est trop tard pour les gens de Valékino.

Lioro se renfrogne. Il tourne les talons et se jette sur sa paillasse. C'est alors qu'Alaka a une idée.

— Et si nous demandions l'aide des Sœurs Vertes ? propose-t-elle.

— Les Sœurs Vertes..., répète Lioro en se ressaisissant. Mais oui !

Il bondit sur ses pieds, emporté par son enthousiasme.

— En unissant vos forces, vous pourriez certainement arrêter Mérikir ! Trois démons contre un seul... Ce monstre va mordre la poussière !

— En plus, ajoute Alaka, si Mérikir était défait, Klorian serait libéré de son emprise malfaisante et retrouverait sa paix d'autrefois. Les arbres se remettraient à pousser, les rivières à couler à gros bouillons au lieu des rares filets qui serpentent encore dans la plaine. L'étang du village se remplirait jusqu'au bord, et tous les potagers de nos voisins regorgeraient de fruits et de légumes ! Si elles veulent sauver leur domaine, Pholia et Radixa ne peuvent que dire oui.

— Une alliance entre les Sœurs Vertes et l'un des Frères de Pierre..., réfléchit l'ako. Ça pourrait marcher...

Alaka et Lioro se regardent avec un sourire triomphant. Le garçon s'avance vers Amuleï.

— Alors, on le fait ?

— Laissez-moi la nuit pour y penser. Je vous donnerai ma réponse demain matin.

Le jour suivant, le soleil n'est pas encore accroché dans le ciel que déjà, Alaka, Lioro et Amuleï préparent leurs bagages. Ils prennent avec eux des matelas, des couvertures, ainsi que le bâton d'Alaka et le fouet de

Lioro. Ils remplissent des baluchons avec toutes les provisions qu'ils peuvent trouver. Puis, ils font le tour du village et libèrent les animaux domestiques, afin qu'ils ne meurent pas de faim, emprisonnés dans leur enclos. Alaka essaie de ne pas trop penser au peu de chances qu'ils ont de trouver de quoi se nourrir dans les environs.

Installés sur le dos de Kirkilu, leurs paillasses et leurs sacs bien attachés sur sa croupe, tous trois contemplent une dernière fois le village désert de Valékino avant de le quitter. Puis, ils prennent la direction du sud, vers la frontière de Litheira.

Mais d'abord, ils doivent trouver les Sœurs Vertes.

CHAPITRE 7

Kirkilu traverse plaines et vallées desséchées. Les heures filent, mais le paysage demeure le même : partout il n'y a plus que troncs morts et tiges racornies. Difficile de croire qu'une dizaine d'années plus tôt, une flore luxuriante couvrait ce territoire.

Vers midi, Alaka, Lioro et Amuleï trouvent sur leur chemin une rivière au débit acceptable. Ils s'arrêtent pour y remplir leurs gourdes et en profitent pour casser la croûte. Lioro consulte le plan de l'île qu'il a apporté avec lui. Il ferme les yeux et sonde le terrain mentalement. Il compare ce qu'il visualise avec ce qui est représenté sur le papier, pour déterminer leur position exacte. Alaka s'assied à côté de lui.

— Alors, où sommes-nous ?

— Ici, répond Lioro en indiquant un point virtuel au sud de Valékino.

— Seulement ? Je croyais que nous aurions franchi une plus grande distance...

Elle tapote du doigt une étendue verte sur la carte.

— Ça, c'est Luria ?

— Oui. C'est là que vivent les Sœurs Vertes.

— Quand penses-tu que nous y serons ? demande Amuleï.

— Kirkilu est vieux, nous n'allons pas très vite. Je dirais dans deux ou trois jours.

— Il faudra trouver un abri pour la nuit, fait remarquer Alaka.

— Je m'en occupe. Avec mon sonar, ça ne devrait pas être un problème.

Un peu plus tard, ils atteignent un premier village. L'endroit est tout à fait désert. Seuls les cris d'animaux en détresse prouvent que la vie ne l'a pas entièrement abandonné.

— On dirait que Rikavika a subi le même sort que Valékino..., constate Lioro avec amertume.

— Oui, confirme Amuleï, ça sent la magie maléfique de Mérikir à plein nez.

Alaka prend un air résolu.

— Raison de plus pour mener à bien notre projet.

Amuleï acquiesce. Lioro se laisse glisser sur l'encolure de Kirkilu et, une fois à terre, tourne la tête vers Alaka.

— Avant de repartir, libérons les animaux.

— Bonne idée.

Jamais encore les enfants ne se sont aventurés plus loin que Rikavika. Plus jeunes, ils avaient été invités une fois à une grande fête donnée dans ce village, chez une cousine éloignée. Alors, lorsqu'ils remontent en selle et laissent derrière eux les huttes abandonnées, ils ont l'impression de franchir le bout du monde.

Trois heures passent. Le jour commence à décliner, et Alaka rappelle à son frère qu'il leur faut trouver un endroit où dormir avant que la nuit les surprenne. Lioro émet alors un grand :

— Woh, Kirkilu ! Woh !

Il tire sur la bride pour immobiliser l'okoma. Celui-ci s'arrête, l'écume moussant sur son museau noir. Alaka se redresse sur la selle.

— Qu'est-ce qu'il y a ? demande-t-elle.

— Je crois avoir repéré quelque chose qui pourrait nous intéresser.

— Un abri ?

— Oui, on dirait une caverne. D'après mon sonar, il y aurait même une petite source tout près.

— Viens, on va voir !

Ils mettent pied à terre. Lioro agrippe le harnais de Kirkilu et le conduit entre les squelettes tordus de buissons épineux. Coincé entre deux sacs sur la croupe de l'animal, Amuleï dort profondément. Le temps fraîchit à mesure que le soir tombe. Alaka grelotte.

— C'est là, indique Lioro du doigt. Tu vois, un peu plus bas ?

Ils sont bientôt assez près pour apercevoir la bouche sombre d'une grotte qui s'ouvre dans le demi-jour. Elle semble vaste, et l'entrée est assez haute pour que le soleil pénètre à l'intérieur et l'assèche un peu. Alaka dépasse son frère. Elle se plante devant la caverne.

— Ça semble très bien, Lioro! Beau travail!

Soudain, du fond de la grotte retentit un cri rauque:

— Hé! Il y a quelqu'un?

Alaka et Lioro sursautent.

— Tu as entendu? demande Lioro à sa sœur.

— On aurait dit la voix d'un garçon, mais avec une sonorité étrange, comme rocailleuse...

— Je croyais que tous les humains étaient partis vers Litheira!

— Ce n'en est peut-être pas un. Tu peux voir de quoi il s'agit, avec ton sonar?

Lioro se concentre, plisse le front.

— Non, on dirait qu'il est déréglé...

Amuleï les rejoint en bâillant.

— C'est parce que les ondes sont brouillées sous la terre, explique-t-il. Qu'est-ce qui se passe?

— Nous avons entendu une...

— Hé-oooh! répète la voix, coupant la parole à Alaka. Je suis à l'intérieur!

Lioro s'éloigne de la caverne de quelques pas, en fixant l'ouverture avec méfiance.

— Cette voix d'outre-tombe, elle me donne des frissons dans le dos... Ça ne peut être qu'un piège de Mérikir!

— Je ne crois pas, déclare Alaka, très calme.

Amuleï se rapproche d'elle.

— Dis-moi : quelle est ton impression par rapport à... cette créature ?

— Comment dire ?... De la curiosité, sans doute. Et un sentiment qui, je l'avoue, peut paraître étrange dans une telle situation... Quelque chose comme de la pitié ou de la compassion.

— C'est vraiment ce que tu ressens au fond de toi ?

— Oui.

— Alors, c'est que ce mystérieux individu ne représente aucun danger.

Alaka acquiesce ; c'est exactement son intuition.

— À l'aide ! reprend la voix caverneuse. Je vous en prie...

— Les enfants, attendez-moi ici. Ne vous éloignez pas, car vous sortiriez de mon périmètre de protection.

— Qu'est-ce que tu vas faire, Amuleï ? s'inquiète Lioro.

— Je vais le voir.

L'ako disparaît sous la voûte sombre. Lioro tâte le manche de son fouet, glissé dans sa ceinture. Il grimace à l'idée d'avoir peut-être à s'en servir bientôt. Alaka dit d'une voix tranquille :

— Ne t'inquiète pas, tu n'en auras pas besoin. Je le sais.

Des voix leur parviennent de l'intérieur de la grotte. Alaka tend l'oreille.

— Je m'appelle Amuleï. Je viens en ami. Où es-tu?
Je ne te vois pas...

— Au fond, à droite. La caverne est en forme de L.

— Tu peux venir me rejoindre?

— Non, je suis attaché à un rocher avec une chaîne
de métal.

« Attaché? » s'étonne Alaka. Voilà qui est de plus
en plus étrange. Amuleï continue d'avancer.

— Je maîtrise les forces de la terre. La roche et le
métal m'obéissent... Enfin, dans une certaine mesure.
Je peux briser tes liens.

— Non, ne faites pas ça! supplie l'autre, terrorisé.
Je me suis moi-même enchaîné ici pour résister à cet
horrible maléfice!

— Tu as donc réussi à échapper à Mérikir...

Alaka peut sentir au ton de sa voix qu'Amuleï est
impressionné par ce qu'il vient d'entendre.

— Tu es très courageux.

Un raclement de chaîne résonne entre les murs
de roc.

— Hé, mais... cette envie irrésistible de marcher vers
le sud, elle s'est évanouie!

— C'est parce que j'ai érigé un champ de force autour
de moi, qui annule les effets du sortilège. Si tu acceptes
de me suivre, tu pourras bénéficier de sa protection.

— Comment peux-tu faire cela?

— Je t'expliquerai plus tard. Je peux te libérer?

— D... d'accord.

Une étincelle illumine l'intérieur de la grotte, repoussant pour une fraction de seconde les ténèbres. Alaka n'a toutefois pu apercevoir qu'Amuleï ; l'autre, retranché dans une profonde alcôve creusée dans la pierre, est demeuré caché.

Un bruit de métal cassé se répercute contre les parois de la caverne.

— Viens, maintenant, dit Amuleï.

Les deux silhouettes se précisent dans la pénombre à mesure qu'elles approchent de la sortie. Alaka sent Lioro se serrer contre elle.

La pâle lumière du crépuscule révèle alors ce qui se terrait dans les profondeurs de la grotte. Lioro pousse un cri de stupéfaction. Il recule d'un pas et brandit son fouet.

— Qu'est-ce que c'est que cette... chose ?

La créature rentre la tête dans les épaules. Alaka, elle, n'a pas bougé. Elle voit Amuleï, lové autour de la jambe de l'inconnu en un geste protecteur, et elle hoche la tête. Elle s'adresse au garçon d'un ton invitant.

— Bonjour, je m'appelle Alaka. Et toi, qui es-tu ?

Il se tasse sur lui-même, comme s'il voulait se soustraire aux regards.

— K... Kian.

— Enchantée, Kian.

À première vue, il ressemble à un banal garçon d'environ douze ans. Mais rapidement, on remarque sa joue blanche et figée, qui semble recouverte d'une couche d'argile. Le mal s'est propagé jusqu'au sommet du crâne où des vagues ivoire, bien définies, ont remplacé sa chevelure. Quelques mèches véritables, noires celles-là, pendent devant ses yeux. Mais le pire reste son bras gauche. Replié sur son ventre, il est lisse et brillant comme une coquille d'œuf, sans vie. C'est un bras de marbre.

La moitié du corps de Kian est celui d'une statue.

CHAPITRE 8

Alaka s'avance vers Kian. Lioro fait un geste pour la retenir, mais elle se tourne vers lui et sourit.

— Ça va. Laisse-moi faire.

La jeune fille n'est plus qu'à une trentaine de centimètres de l'étrange garçon. Elle lève les doigts vers son visage et touche la pierre blanche. Celle-ci est dure, polie, douce. Et froide comme de la glace.

— Qu'est-ce que c'est ? demande-t-elle.

C'est Amuleï qui répond.

— Du marbre.

— Que t'est-il arrivé ? demande encore la jeune fille à l'inconnu.

— Je ne sais pas... Il y a deux jours, j'ai senti cet appel... Impossible de l'ignorer. Pourtant, mon esprit criait : « Non ! N'y va pas ! » Mais mes jambes ne m'obéissaient plus. Je me suis mis à marcher vers le sud, et j'ai quitté Rikavika, mon village. Tous les autres m'ont suivi. Et nos corps, lentement, se sont mis à changer d'aspect...

— Les gens qui partent en masse, comme des automates : c'est exactement ce qui est arrivé chez nous, à Valékino, souffle Alaka. Ça signifie sans doute que nos parents ont subi le même sort...

Disant cela, elle serre les poings, bouleversée.

— Comme Kian, ils se transforment en statues ? continue-t-elle en se tournant vers Amuleï.

— Ça semble être ce que Mérikir a en tête, oui, répond l'ako, désolé.

— Mais c'est horrible ! s'émeut Alaka.

Elle s'accroupit et cache son visage entre ses mains. Lioro passe son bras autour des épaules de sa grande sœur.

— Ça va, Alaka... Nous allons les délivrer. Les Sœurs Vertes vont nous aider.

— Oui... c'est vrai... Mais rien que de penser à père et à mère, à leur visage et à leur corps figés dans la pierre, j'ai le cœur brisé !

Et elle éclate en sanglots. Kian reste debout à ses côtés, embarrassé. Il ne sait pas trop comment réagir. Amuleï le rassure.

— Ce n'est rien. Alaka est très sensible.

Kian en profite pour interroger l'ako.

— Ces deux-là, fait-il en désignant Alaka et Lioro, ils n'ont rien... Ils ont conservé leur apparence humaine. C'est grâce à toi ?

— Oui. J'étais avec eux lorsque le maléfice s'est manifesté. Comme je te l'ai dit tout à l'heure, je possède certains pouvoirs. J'ai pu éviter qu'ils suivent les villageois de Valékino.

— Quelle chance..., soupire Kian en baissant les yeux sur son bras pétrifié. Mais dis-moi : qui es-tu donc pour être capable de contrer l'un des démons de Posséteira ?

— Assieds-toi, je vais tout t'expliquer. Lioro, pourrais-tu aller chercher du bois pour que nous fassions du feu, maintenant que la nuit est tombée ?

Le garçon laisse Alaka, qui sèche ses larmes du revers de la main.

— D'accord, dit-il en sondant les alentours.

— Tu as besoin d'une torche ?

— Non, je vais me débrouiller avec mon sonar.

— Ne t'éloigne pas trop !

Lioro acquiesce et s'enfonce dans le noir. Pendant ce temps, Alaka se ressaisit : elle choisit quelques grosses pierres, avec lesquelles elle forme un cercle sur le sol. À côté d'elle, Amuleï raconte tout à Kian, qui l'écoute avec attention sans l'interrompre une seule fois. Lioro revient quelques minutes plus tard, les bras chargés de bois. Il s'agenouille près de sa sœur et le dispose entre les pierres. Il n'est pas très doué — c'est son père, normalement, qui s'occupe de ce genre de chose. Aussi, lorsqu'il est enfin satisfait de son travail, Amuleï a terminé son récit. L'ako crache une étincelle sur les branches pour allumer le feu de camp.

Les flammes montent dans la nuit, dessinant sur le visage des enfants des ombres lugubres.

— Ainsi, tu es le jumeau de Mérikir..., conclut Kian, abasourdi.

— Eh oui. Désolé pour ce qu'il t'a fait subir.

— Ce n'est pas ta faute.

— En fait, un peu. Si je n'avais pas été aussi négligent, je ne me serais pas fait avoir par mon frère, et nous serions toujours deux à régner sur Litheira. J'aurais dû me battre pour savoir ce qui est arrivé à nos parents. Mérikir en a bien profité ! J'ai fini par comprendre à mes dépens pourquoi il refusait d'envoyer des feux follets à la Tour de Guet. Maintenant, il a fait assez de dommages. Je dois l'arrêter.

— Tu viens avec nous, Kian ? demande Alaka.

— Où ira Amuleï, j'irai. Je n'ai pas vraiment le choix si je tiens à ma peau. Et c'est toujours mieux que de rester enchaîné dans cette grotte.

Soudain, Lioro tressaille. Il bondit sur ses pieds et plaque les mains sur ses tempes.

— Un animal vient d'entrer dans le périmètre de détection de mon sonar. Il se dirige vers nous !

Alaka se rue sur les bagages qu'ils ont posés à l'entrée de la grotte et agrippe son bâton, prête à combattre. Les broussailles sur leur gauche se mettent à s'agiter.

— Ce n'est rien, dit Kian, c'est seulement...

— Une albestia ! s'exclame Lioro.

Il se campe sur ses pieds et tire son fouet de sa ceinture en tremblant. Une silhouette pâle apparaît entre les buissons. Le long poil blanc de sa gorge est souillé de sang. Un collier est noué à son cou, ainsi qu'une petite sacoche de cuir remplie d'eau. Des quatre queues touffues, immaculées, qui caractérisent les albestias et font leur fierté, l'une pendouille sur le côté, molle et sans vie, tandis qu'une autre a été complètement arrachée. Et dans sa gueule bordée de crocs aiguisés, on voit le cadavre d'un nokéro, gros rongeur parasite au corps recouvert d'écailles brunes. En voyant Lioro, l'albestia dépose sa prise et se met à grogner.

— Mignonne ! appelle Kian. Allez, viens, je suis ici !

Lioro observe la bête reprendre sa proie entre ses dents, passer devant lui et se précipiter auprès de Kian. Elle est tout sauf mignonne.

— Elle est apprivoisée, explique Kian en grattant l'animal entre les oreilles. Oh, tu m'as apporté quelque chose ? Merci !

Il tend la main, et Mignonne dépose le rongeur dans sa paume.

— Beurk ! laisse échapper Lioro en détournant la tête. Qu'est-ce que tu vas faire avec ça ?

— Le manger.

Alaka, Lioro et Amuleï le regardent avec des yeux ronds.

— J'y ai bien été obligé, ces derniers jours. Je ne pouvais quand même pas me nourrir de cailloux, du fond de ma caverne... Mignonne m'a fourni de la viande, et même de l'eau, qu'elle allait puiser à la rivière pour moi.

D'une main, il détache la sacoche suspendue au collier de l'albestia et la porte à ses lèvres. Une fois qu'il l'a vidée, il passe la bandoulière par-dessus sa tête et conclut:

— Sans Mignonne, je serais mort de faim et de soif.

Alaka toise le cadavre du petit rongeur, dégoulinant de bave, que le garçon a déposé par terre pour se désaltérer. Elle va appuyer son bâton contre la paroi de la grotte, prend une besace et revient s'asseoir à côté de Kian.

— Tiens, mange plutôt ça.

Elle lui tend un morceau de fromage enveloppé dans un carré de tissu.

— Ce devrait être moins dur sur l'estomac que... ça, dit-elle en montrant du menton le nokéro mort.

— Merci!

Lioro, méfiant, finit néanmoins par rejoindre les autres autour du feu.

— Une albestia..., maugrée-t-il. Je déteste ces bêtes. Elles sont sournoises.

— Mignonne n'est pas comme ça. C'est une vraie perle.

— En tout cas, vous êtes bien assortis.

— Lioro! fait Alaka. Quel malpoli!

— Je parlais de leur blancheur à tous les deux, celle du marbre et du pelage! Pas de leur aspect monstr...

— Mais veux-tu bien arrêter !

Mignonne grogne en direction de Lioro. Kian l'attrape par le collier et la serre contre lui.

— Ça va, ce n'est pas grave. Je sais bien que nous ne sommes pas beaux, Mignonne et moi. Mais je m'en fiche.

Alaka fixe Kian, qui détourne le regard.

Il ment, bien sûr.

Ce soir-là, ils dorment dans la caverne.

CHAPITRE 9

Le lendemain matin, tout le monde contribue aux préparatifs du départ. Alaka roule les paillasses et plie les couvertures, Lioro harnache Kirkilu et charge les sacs sur sa croupe. Allongé sur une pierre, Amuleï veille sur ses protégés.

À part son sac de cuir, Kian n'a aucun bagage. Toutes ses affaires sont restées à Rikavika.

— Je dois retourner dans la grotte récupérer le contenu de ma sacoche. Tu voudrais bien m'accompagner pour m'éclairer ? demande-t-il à Alaka.

Elle acquiesce et prend une torche. Au fond de la caverne, près d'un gros rocher au pied duquel serpente une chaîne cassée, elle aperçoit toutes sortes d'objets : des sachets d'herbes, des pansements, et des fioles pleines de liquides aux couleurs douteuses.

— Je suis guérisseur. C'est mon matériel, je le traîne toujours avec moi. Avec ça, je sais soigner à peu près tous les maux. Je vous serai peut-être utile.

Alaka l'aide à remplir le sac en silence. Puis, alors qu'ils quittent la grotte, elle dit :

— Kian, comment as-tu fait pour te soustraire au maléfice ? Tu ne nous as pas raconté.

— C'est grâce à elle.

Kian fait un mouvement de la tête vers Mignonne, occupée à dévorer une autre bestiole sanguinolente, un peu plus loin.

— Elle était attachée, lorsque j'ai quitté le village. Je la tiens toujours enchaînée, parce que mes voisins en ont un peu peur. Elle a beau être apprivoisée, ça reste une albestia… Ses hurlements résonnaient dans mes oreilles, mais je ne pouvais même pas me retourner vers elle. Puis, après quelques heures à avancer vers le sud, j'ai entendu des jappements. C'était Mignonne ; sa longue chaîne traînait derrière elle dans la poussière. Elle était parvenue à la casser et elle m'avait retrouvé.

— Quel flair !

— Oui, son odorat lui permet de détecter une proie à plusieurs kilomètres de distance. Bref, elle s'est mise à me tourner autour avec insistance, pour m'obliger à m'arrêter. Mais j'en étais incapable. Peut-être a-t-elle perçu la détresse dans mon regard… parce que, tout d'un coup, elle m'a mordu le mollet.

Il montre le bandage qu'il a enroulé autour de sa jambe.

— Une douleur fulgurante m'a traversé de la tête aux pieds, et, pendant quelques secondes, j'ai retrouvé le contrôle de mon corps. J'ai vu cette caverne sur ma droite et je me suis jeté dedans. Je ressentais moins fort l'appel de Mérikir à l'intérieur. J'ai détaché la chaîne du collier de Mignonne et j'ai noué l'une des extrémités autour de ma taille ; en posant des garrots, j'ai appris à maîtriser des nœuds très solides. Ensuite, j'ai fait rouler un lourd rocher sur l'autre bout de la chaîne pour le maintenir en place. Voilà.

Alaka hoche la tête.

— Tu avais raison : c'est une perle, ta Mignonne.

— Oui.

La jeune fille s'approche de l'albestia et lui présente sa main. Mignonne retrousse les babines, sans grogner toutefois. Elle renifle les doigts tendus. Alaka ne bouge pas d'un centimètre. Kian se tient quelques pas derrière elle et observe la scène. Après un examen qui dure près d'une minute, l'animal finit par donner un coup de langue dans le creux de la paume d'Alaka, qui sourit.

— Elle t'a adoptée, déclare Kian. Tu n'as plus rien à craindre de sa part. Mais ne t'étonne pas si elle t'apporte des nokéros décapités !

— Je vais les donner à Lioro. Ça lui apprendra à être aussi étroit d'esprit.

Kian éclate de rire. Une moitié seulement de son visage s'éclaire, à cause de sa joue gauche qui est figée dans le marbre.

Vient le moment de se mettre en route. Impossible pour les enfants de tous monter sur Kirkilu ; à trois sur son dos, ils lui briseraient l'échine. À cause de sa morsure au mollet, Kian ne peut marcher longtemps sans souffrir. Il bénéficie donc d'une place sur la selle. Alaka et Lioro conviennent de se relayer et d'aller à pied chacun leur tour à côté de l'okoma.

— Nous allons atteindre une localité plus importante dans quelques kilomètres, dit Lioro en consultant la carte. Peut-être pourrons-nous y emprunter une charrette.

— Tu crois que la ville sera abandonnée aussi ? demande Alaka à Amuleï.

— J'espère que non.

Un peu avant midi, ils arrivent à Salora. Quelques centaines de bâtiments, serrés les uns contre les autres, sont répartis le long de rues de terre. Alaka tire sur les rênes, et Kirkilu s'arrête. Mignonne, qui trotte en tête du groupe, s'immobilise aussi.

— Ça semble plutôt calme..., remarque la jeune fille.

Kian, assis derrière elle sur la selle, est du même avis.

— C'est mauvais signe.

— Lioro !

Le garçon arrive derrière, à pied.

— Oui ?

74

— Tu peux vérifier avec ton sonar s'il reste des gens dans la ville?

— Pas de problème.

Kian lève un sourcil interrogateur.

— Son sonar?

Pendant qu'Alaka explique le pouvoir de son frère à un Kian attentif, Lioro sonde par la pensée chaque bâtiment, chaque cour. Il rend son verdict:

— Il n'y a personne. Seulement des nokéros.

Bête discrète qui demeure en général tapie dans son terrier, le nokéro vit à proximité des lieux habités et se nourrit des restes de table jetés dans les fosses à déchets. Il guette en permanence un signe de faiblesse des humains pour envahir leur territoire. Leur présence dans la ville parle d'elle-même. Amuleï peste tout bas, installé sur le monticule que forment les bagages. Alaka lâche un soupir et dit:

— Bien, allons-y.

Elle claque la langue, et sa monture dévale la butte qui surplombe Salora. Lioro les suit en courant.

À part les couinements sporadiques des nokéros, tout est silencieux. Il règne un désordre insolite. On a l'impression que le temps a été suspendu, ou que tout le monde s'est caché pour faire une blague. Des paniers à provisions jonchent les rues, les portes de certaines maisons sont restées ouvertes, des vêtements secs depuis longtemps flottent dans la brise, épinglés sur les cordes à linge.

Salora a été abandonné par ses habitants.

Après avoir attaché les rênes de Kirkilu à un piquet de clôture, les enfants et Amuleï examinent les lieux.

Rapidement, une forme camouflée dans l'ombre d'un bâtiment attire le regard de Kian. Il plisse les yeux et s'approche.

— Hé ! Regardez ce que j'ai trouvé !

Lioro accourt, suivi d'Alaka, qui a pris Amuleï dans ses bras. Excité par sa découverte, Kian empoigne une bâche de sa main valide et tire dessus : une petite charrette de bois apparaît. La boîte est un peu abîmée, mais les roues sont en bon état. Et les courroies de cuir sont flambant neuves.

— Génial ! se réjouit Lioro. C'est exactement ce qu'il nous faut !

Kian sourit à pleines dents, fier de sa trouvaille. Mignonne gambade autour de lui, comme si elle partageait le sentiment de son maître.

— Dis, Alaka : elle est assez légère pour que votre okoma puisse la tirer ?

La jeune fille dépose Amuleï au fond de la boîte et donne quelques poussées sur la charrette pour la faire bouger.

— Ça devrait aller. Kirkilu est costaud.

Alaka et Lioro saisissent chacun un limon et remorquent la voiture jusqu'à l'endroit où ils ont laissé leur monture. Kian les aide en poussant derrière, d'une main.

— Il va nous falloir de la corde pour l'atteler solidement, dit Lioro, qui réfléchit tout haut.

— Et tant qu'à être ici, ajoute Amuleï en posant ses pattes sur le rebord de la charrette, aussi bien faire des réserves de nourriture. Les Forges sont encore à plusieurs jours de marche. Je doute que nous en ayons assez, maintenant que Kian est avec nous.

Alaka reprend le démon dans ses bras et fait signe aux autres de la suivre.

— Essayons de trouver un marché.

Ils déambulent dans les rues de Salora au hasard. Celles-ci semblent avoir été tracées au gré de la fantaisie des fondateurs de la ville : il n'y en a pas une seule qui soit droite. Elles bifurquent sans cesse dans tous les sens, si bien qu'il devient difficile de s'orienter. Sans le sonar de Lioro, nul doute que le petit groupe serait déjà perdu.

Soudain, le garçon désigne une allée plus large qui tourne sur leur gauche. Les maisonnettes y font place à des bâtisses plus hautes, avec des vitrines.

— Une avenue commerciale ! s'exclame Alaka.

Ils s'engagent dans la voie de terre battue. Elle n'est pas très longue, et ils la parcourent rapidement. Des nokéros s'enfuient à leur approche.

— Il ne leur a pas fallu beaucoup de temps pour prendre possession des lieux, remarque Lioro, évitant d'un bond l'un des rongeurs. Ces bestioles me font horreur...

— Tu n'aimes pas les animaux ? demande Kian. Il pose la main sur la tête de Mignonne.

— Mais non, je les adore ! Surtout les okomas.

— Une bête splendide, oui... beaucoup plus belle que les nokéros et les albestias.

Lioro lui jette un regard perplexe.

— Hein ?

— Laisse tomber...

— Venez par ici ! crie Alaka, un peu plus loin devant. Je crois que j'ai trouvé !

Les garçons la rejoignent. Elle est plantée devant la dernière boutique de l'avenue, peinte en vert bouteille. L'intérieur est visible à travers la vitrine ; ils aperçoivent des étals plus ou moins garnis de fruits et légumes, entre lesquels batifolent les nokéros insouciants. Au-dessus de leur tête est accrochée une enseigne sur laquelle est gravée l'inscription « Magasin général ».

— Génial ! lance Lioro.

Alaka lui confie Amuleï et se dirige vers l'entrée.

— Entrons, j'ai faim !

Elle essaie de pousser la porte. Celle-ci refuse de bouger.

— Je ne suis pas capable de l'ouvrir !

Elle appuie de tout son poids sur le grand rectangle de bois pour le faire céder, mais rien à faire. Lioro s'approche.

— Une étagère est tombée en travers de la porte et la bloque de l'intérieur, explique-t-il. Ce sont sans doute les nokéros qui l'ont renversée.

— Comment tu sais ça ? demande Kian, surpris.

Lioro tapote sa tempe.

— Grâce à mon sonar.

— Ah oui... Et ce sonar, il te permet de pulvériser les tablettes à distance ?

— Euh... non.

— Attendez, je m'en occupe ! intervient Alaka.

Entre le magasin et le bâtiment voisin, une étroite ruelle sert de décharge : il s'y entasse des poubelles nauséabondes et tout un bric-à-brac. Alaka déniche une planche longue et mince dans ce bazar. En revenant devant l'épicerie, elle la soupèse.

— Ça devrait faire l'affaire.

Elle tient la planche à deux mains, comme le lui a enseigné son père. Elle s'élance et frappe la vitrine de toutes ses forces avec le bâton. Une pluie d'éclats scintillants tombe dans la poussière.

Alaka jette le bout de bois dans la ruelle et enjambe la fenêtre qu'elle vient de fracasser.

— Venez ! Servons-nous avant que les nokéros dévorent tout !

Lioro et Amuleï la rejoignent en riant. Kian hausse les épaules.

— Quelques rongeurs pour dîner, ça te tente, Mignonne ?

L'albestia jappe un coup. Frétillante, elle s'avance vers le trou béant qu'est désormais la devanture du magasin général de Salora.

— Eh bien, allons-y !

CHAPITRE 10

Avec l'eau que Lioro a puisée dans le petit ruisseau, non loin de leur campement, et quelques ingrédients trouvés dans le magasin général, Kian prépare le souper. Au menu ce soir-là : bouillie de riz, de légumes et de viande séchée.

Alaka s'exerce un peu à l'écart, sous l'œil vigilant d'Amuleï. Elle répète encore et encore la même chorégraphie, en faisant danser son bâton autour d'elle. Ses cheveux couleur de miel, attachés haut sur le crâne, fouettent l'air en rythme.

— Elle est douée, ta sœur, dit Kian avec un regard admiratif en direction d'Alaka.

— Oui, elle s'entraîne dur.

— En tout cas, je n'aimerais pas l'avoir pour adversaire, continue Kian. Elle aurait tôt fait de me réduire en tas de gravier.

Lioro étouffe un petit rire. Il ne sait pas trop comment réagir aux blagues de son compagnon, tant celui-ci est sérieux d'ordinaire. De sa main droite, Kian remue la mixture blanchâtre qui mijote sur le feu, souffle sur une cuillérée de pâte collante, et la porte à sa bouche.

— C'est prêt! annonce-t-il.

Alaka arrive aussitôt en courant. Son visage est cramoisi et moite. Ses vêtements sont mouillés par la transpiration.

— J'ai si faim! s'exclame-t-elle en se laissant tomber à côté de Kian.

Le chaudron de bouillie se vide en un clin d'œil. Alaka lave ensuite la vaisselle dans le cours d'eau, pendant que ses compagnons se hâtent d'improviser, avant que la nuit tombe, une tente avec des planches et la bâche qui recouvrait la charrette.

Assis près du feu, ils discutent longuement sous le ciel qui s'illumine d'étoiles.

— J'espère que nous retrouverons aussi tes parents à Litheira, Kian, fait Alaka avec un sourire plein d'espoir.

— Ce serait étonnant, répond-il. Je suis orphelin.

Mignonne est lovée contre lui, la tête appuyée sur sa cuisse.

— Oh... Je suis désolée, murmure Alaka.

— Il y a longtemps qu'ils m'ont quitté. J'avais six ans. Ils ont été emportés par l'épidémie de choléra.

Lioro hoche la tête sombrement et dit:

— Le choléra... J'avais à peine quatre ans, je suis trop jeune pour m'en souvenir, mais je sais qu'une dizaine de villageois en sont morts aussi, à Valékino. Père et mère nous ont souvent parlé de cette catastrophe. Ils racontaient qu'Alaka a été la première à présenter des symptômes. Ils étaient certains de la perdre. Elle était toute petite, à l'époque, et nos parents ne comprenaient pas encore à quel point elle était sensible. Plus tard, ils ont réalisé qu'elle n'avait même jamais vraiment eu la maladie. Ce n'est pas au choléra qu'elle a survécu, mais à la vague de souffrance des voisins qui en étaient atteints.

Alaka se tait et contemple le feu. Elle n'aime pas entendre parler de cet épisode. Le souvenir de la douleur partagée avec les moribonds, des vomissements, des crampes fulgurantes et de la peur déferle en elle. Une nausée la submerge. Elle secoue la tête pour chasser cette funeste impression.

— Qu'as-tu fait après avoir perdu tes parents, Kian ? demande Amuleï, qui a remarqué le trouble d'Alaka.

— J'ai été recueilli par ma grand-mère maternelle, la guérisseuse du village. Elle m'a transmis tout son savoir-faire.

Disant cela, il tapote la sacoche de cuir qui ne le quitte jamais.

— Mais elle est morte au printemps dernier, et après cela, je suis resté seul dans la hutte familiale. Seul avec Mignonne.

Kian se penche vers l'albestia et lui serre affectueusement la tête. L'animal se laisse faire, les yeux fermés, indolent.

— Je ne vais pas chez Mérikir dans l'espoir d'y retrouver quelqu'un. J'accompagne Amuleï pour rester en vie, c'est tout.

De sa main valide, il presse l'autre, pétrifiée, contre son cœur. Quelques minutes passent. Alaka est incapable de détacher son regard du bras de marbre de Kian. Une question lui brûle les lèvres.

— Kian ?

— Oui, Alaka ?

— Ton bras, ta joue... Qu'as-tu ressenti, lorsque c'est arrivé ?

— Tu veux savoir si c'était douloureux ?

— Oui.

Amuleï et Lioro tendent l'oreille.

— Pas vraiment. Au début, j'éprouvais un picotement dans le bout des doigts, et ils sont devenus engourdis, comme si j'avais dormi trop longtemps appuyé dessus. Après un certain temps, je me suis aperçu que toute sensation avait quitté ma main. Et ça s'est mis à remonter le long de mon bras...

— Tu devais avoir peur.

— J'étais terrorisé. L'ennemi est invisible, et il s'attaque à ton corps sans que tu puisses te défendre. Je crois que c'est le plus terrifiant : savoir que tu es en danger, mais continuer malgré toi à avancer droit dans le piège.

Il se tait. Entre les braises rougeoyantes, d'horribles images surgissent et disparaissent aussitôt. Amuleï souffle sur le feu mourant pour le ranimer.

La nuit est avancée. Kirkilu, attaché près de l'abri de fortune, se lève, fait un tour sur lui-même et se recouche en boule. Alaka a posé le menton sur ses genoux. Elle déclare d'une voix fatiguée :

— Bon, il est temps d'aller nous coucher.

— Pas déjà ? proteste Lioro.

— Nous avons une autre longue journée devant nous, demain.

Kian, soucieux, approche son visage de celui d'Alaka.

— Ça va ? Tu n'as pas bonne mine...

— J'ai un peu mal au cœur. Cette histoire de choléra... Je déteste me rappeler ces mauvais souvenirs.

— Tu as besoin de repos, viens.

Alaka se laisse emmener sous la tente par les garçons, qui l'aident à s'étendre. Tout en la bordant, Lioro demande, l'air grave :

— Dis, une autre catastrophe se prépare, Alaka ?

— Non, non..., bredouille-t-elle. C'est seulement parce que tu as parlé de l'épidémie... Je me sentais beaucoup plus mal avant que les parents quittent le village.

— J'espère que tu as raison.

Il se couche à son tour, après avoir déposé un grand bol entre leurs deux paillasses, par mesure de précaution. Kian s'étend de l'autre côté, sur un matelas déniché à Salora.

Amuleï veille, allongé en travers de la porte.

« Oui, songe-t-il avec inquiétude, pourvu qu'elle ait raison. »

CHAPITRE 11

Dans la tente, couchée aux pieds de Kian, Mignonne lève soudain la tête, aux aguets. Les enfants dorment depuis un certain temps déjà ; il doit être autour d'une heure du matin. L'albestia renifle, le nez en l'air ; ses oreilles pivotent en tous sens, avant de se plaquer sur sa nuque. Elle laisse échapper une plainte rauque. Kian s'assied sur sa paillasse en se frottant les yeux. Il chuchote :

— Qu'est-ce qu'il y a, Mignonne ?

Un mystérieux grondement lui répond, au loin. L'albestia bondit sur ses quatre pattes, et se place entre son maître et l'entrée de la tente, babines retroussées. Alaka se réveille à son tour, couverte de sueur. Elle saisit le bol que Lioro a posé près de son lit et vomit dedans.

— Alaka ?

Kian quitte ses couvertures et s'agenouille auprès d'elle.

— Ça va ?

La jeune fille ne répond pas et régurgite une nouvelle fois.

— J'ai entendu un bruit, continue le garçon. Je crois que c'était un animal...

Alaka parvient à articuler :

— Li... Lioro... Avec son sonar, il saura...

Kian enjambe la couche de son amie et se penche sur le garçon endormi.

— Lioro ! Lioro, réveille-toi !

Ce dernier grommelle quelques mots inintelligibles dans son sommeil et remonte ses draps jusqu'au menton. Un deuxième grognement résonne dans la nuit, beaucoup plus près que le premier. Kian commence à paniquer.

— LIORO !

— Hein ?... Quoi ? répond le garçon en se soulevant sur un coude.

— Il y a un animal dehors ! Je crois qu'il s'approche !

— Un animal ?

Lioro est tout à fait réveillé maintenant. Kian demande :

— Tu peux voir ce que c'est, avec ton sonar ?

Lioro prend sur-le-champ sa tête entre ses paumes et ferme les paupières. Quelques secondes lui suffisent pour repérer la bête.

— Je pense que c'est un berkan !

— Un berkan ? répète Kian d'une voix blanche. Dis-moi que c'est une blague...

Mammifère de grande taille, massif, le berkan possède une fourrure épaisse d'un gris bleuté et de longues griffes aussi acérées que des lames de couteau. Ses mâchoires sont si puissantes qu'il peut broyer les os les plus durs sans la moindre difficulté. Ses pattes avant, beaucoup plus longues que les deux autres, lui confèrent une démarche particulière, à mi-chemin entre celle de l'homme et celle d'un carnassier comme l'okoma. Elles lui permettent d'assener des coups d'une portée prodigieuse, qui ratent rarement leur cible. Il s'agit certainement du plus féroce prédateur de tout Klorian.

— Et il s'en vient droit sur nous! ajoute Lioro.

Amuleï, tiré du sommeil par le vacarme, rampe jusqu'à Alaka, qui n'en mène pas large. Lioro saute sur son fouet, livide de peur, tandis que Kian serre l'encolure de Mignonne avec son bras valide, en maudissant son handicap. À l'extérieur, Kirkilu s'agite autour de son piquet.

Alaka s'essuie la bouche avec un mouchoir de tissu et se lève.

— Alaka! s'écrie Amuleï en voulant l'obliger à se recoucher.

— Ça va... Ce n'est pas le temps d'être malade. Où est mon bâton?

Lioro se penche dans un coin de la tente, saisit l'arme et la lui lance. La jeune fille l'attrape d'une main experte. Elle éponge avec sa manche les gouttelettes qui perlent à son front et s'avance en chancelant vers l'ouverture de leur abri. Elle jette un coup d'œil dehors.

— Il se trouve à environ cent mètres, sur ta gauche, l'informe Lioro. Tu le vois ?

Le ciel est clair cette nuit-là, et la lune jette quelque lumière blafarde sur la plaine aride où ils ont établi leur campement. Une silhouette noire vient lentement vers eux.

— Oui..., répond Alaka. Qu'est-ce qu'il est gros !

Soudain, le prédateur s'arrête. Il a aperçu Kirkilu. Les deux s'étudient de longues secondes, immobiles et tendus. Puis, le berkan pousse un cri retentissant qui fait sursauter les enfants. Le vieil okoma feule dans sa direction, les oreilles rabattues sur le crâne.

— Arrête, Kirkilu ! ordonne Alaka. Tu ne fais qu'exciter sa fureur !

La plainte rauque de l'okoma s'étire dans la nuit. Le berkan se remet en marche vers eux.

— Qu'est-ce qu'on fait ? s'affole Lioro. Ce n'est pas avec un fouet et un bâton que nous allons le faire fuir !

— C'est le moment ou jamais de tester ce deuxième don que tu as reçu à la naissance ! déclare Amuleï en s'adressant au garçon.

— Hein ?

Amuleï se retourne vers Alaka.

— Je dois expliquer quelque chose à Lioro. Je compte sur toi pour occuper le berkan pendant ce temps.

Détache Kirkilu, il saura vous défendre en cas de besoin. Ne le lâche pas trop vite cependant ; j'espère que ton frère sera prêt avant, et que nous pourrons éviter une effusion de sang.

— D'accord.

— Kian, trouve quelque chose à enfoncer dans les oreilles de Mignonne et de Kirkilu. Fais-le aussi pour Alaka et pour toi : je veux que vous ne puissiez strictement rien entendre. C'est très important ; les conséquences de ce que Lioro s'apprête à faire seraient désastreuses pour vous. Compris ?

— Oui, répondent-ils en même temps.

Kian fouille dans sa sacoche et y déniche un paquet de mousse végétale, qu'il utilise en général pour faire des pansements. Il en déchire une part et la donne à Alaka, qui s'empresse d'en enfoncer des morceaux dans ses oreilles.

La jeune fille passe la main sur sa nuque moite et se faufile en dehors de la tente. Elle bouge avec des gestes très lents, pour ne pas attiser la colère du berkan. Elle ne le quitte pas des yeux pendant qu'elle bourre de mousse les oreilles de Kirkilu et qu'elle dénoue la corde qui le retient captif.

Amuleï prend Lioro à part.

— Donne ton fouet à Kian.

Il obéit. Kian prend l'arme et se campe dans l'ouverture de l'abri, là où se trouvait Alaka, quelques secondes plus tôt. La jeune fille se tient à quelques pas de là, le collier de Kirkilu serré dans une main, son bâton dans l'autre. Le berkan avance toujours.

Dans la tente, Amuleï regarde Lioro droit dans les yeux.

— À ta naissance, je t'ai doté de deux facultés.

— Mon sonar...

— C'est la première. Tu n'as encore jamais eu l'occasion d'utiliser la seconde.

— Qu'est-ce que c'est ?

— Tu as la capacité d'émettre un cri qui fait sombrer ton adversaire dans la folie.

Lioro ouvre des yeux ébahis. Une foule de questions lui traversent l'esprit, mais le temps leur manque. Il s'en tient donc à l'essentiel.

— Comment ça marche ?

— Toi seul le sais. Ça devrait te venir de façon instinctive.

— Mais...

— Tu dois chercher dans les aigus. C'est une note qui n'existe pas. Tu es le seul être humain à pouvoir l'atteindre.

— Une note qui n'existe pas..., répète Lioro.

— L'étincelle que je t'ai transmise devrait subsister en toi. Laisse-toi guider par elle. La réponse est là, quelque part. Trouve-la vite !

— Facile à dire ! proteste le garçon.

Pendant cette conversation, à l'extérieur, sous les pâles rayons de la lune, tout se précipite. Sans crier gare, le berkan accélère et franchit les derniers mètres qui le séparent de ses proies. Kirkilu rugit ; il donne un coup sur son collier pour se libérer. Alaka se cramponne à lui et brandit son arme en direction du berkan. Malgré les vertiges qui s'emparent d'elle par vagues, elle réussit à secouer le bâton devant le visage de l'animal, pour l'effrayer. Il n'est plus qu'à quelques pas : il montre les crocs, et le bout de ses longues pattes avant est taché du sang de ses précédentes victimes.

Il lâche Kirkilu des yeux et les braque sur Alaka : dans la nuit, ses prunelles ressemblent à des billes de mercure luisantes. Il tente de repousser le bâton de sa patte. La jeune fille recule, effrayée.

— Lioro ! le presse Amuleï en observant la scène. Dépêche-toi !

Le garçon pousse alors dans la nuit un cri strident.

— Ce n'est pas assez aigu, tranche Amuleï. Essaie encore !

Cette première tentative n'a réussi qu'à aiguillonner le berkan. Il grogne de plus belle en secouant la tête.

En désespoir de cause, Alaka libère Kirkilu. Aussitôt, celui-ci se jette sur le berkan, toutes griffes dehors. Il enfonce ses crocs dans la nuque épaisse. Deux fois plus gros que lui, le berkan se dégage et, d'un coup de patte, envoie l'okoma rouler dans la poussière. Kirkilu se relève avec peine, mais avant qu'il ait réussi à rétablir son équilibre, il reçoit un second coup, qui lui déchire le museau. Projeté au sol, il y reste étendu, inanimé.

Le berkan revient vers Alaka, l'air mauvais. Kian se précipite pour la seconder, le fouet de Lioro levé au-dessus de la tête. Le bâton tremble entre les mains d'Alaka, qui sue à grosses gouttes. Derrière elle, Lioro crie de toutes ses forces, de plus en plus haut. Mais, à cause des bouchons, elle ne l'entend pas.

Soudain, l'animal se dresse sur ses pattes arrière. Ainsi, il fait presque deux fois la taille d'un homme. En combattante aguerrie, Alaka voit une ouverture : debout, le berkan lui présente son ventre. Elle esquisse un mouvement en vue d'y enfoncer son arme, mais d'un large coup de patte, la bête l'envoie voler au loin. La jeune fille se retrouve sans défense. Kian la repousse derrière lui. Il lui fait signe qu'il prend le relais.

Alaka refoule un haut-le-cœur et se traîne vers la tente.

Le berkan retombe sur ses pattes. Avant que Kian ait eu le temps de le cingler de son fouet, l'animal s'élance et le cloue au sol. Le garçon hurle en voyant sa main éclater en morceaux contre une pierre. Il roule sur le côté pour se dégager. Le cri de Lioro atteint des sommets inconcevables.

— C'est presque ça! l'encourage Amuleï.

Alaka se recroqueville sur elle-même. Kian lève sa main intacte devant son visage, comme si cela pouvait le protéger. Le berkan est juste au-dessus de lui.

Lioro sort de la tente sans cesser de crier. Soudain, ça y est : la note qui rend fou retentit dans la plaine.

Devant lui, le berkan tressaille. Sa tête se met à osciller de gauche à droite. Il la frotte entre ses pattes, roule sur lui-même, émet quelques glapissements grotesques. Du bout des griffes, maladroit avec ses longs bras, il gratte le sol et fait voler la poussière autour de lui. Il enfouit son museau dans le trou, comme pour disparaître.

Le berkan est vaincu.

Lioro se tait. Il s'approche de Kian et lui reprend le fouet. Quelques claquements secs sur la croupe de l'animal suffisent à le faire fuir loin du campement, désorienté et la face maculée de terre.

CHAPITRE 12

Sous la tente, chacun essaie de se remettre de ses émotions. Kirkilu, sonné par la gifle retentissante que lui a assenée le berkan, s'est vu octroyer le droit de dormir sous la bâche. Amuleï et Lioro discutent à voix basse des incroyables propriétés du cri qui rend fou. Kian, lui, fouille dans son sac de guérisseur. Il applique un baume et un pansement sur le nez de Kirkilu.

Alaka tend à Kian un mouchoir fermé d'un nœud.

— Qu'est-ce que c'est ? demande-t-il.

— Les débris de ta... de ta main.

— C'est inutile, dit-il en détournant son regard du paquet. Ce ne sont que des cailloux, désormais.

— On pourrait essayer de les recoller avec de l'argile...

— Je suis guérisseur. Je sais bien qu'un membre amputé ne peut être ressoudé.

Avec un soupir, Alaka dépose le mouchoir noué près de son lit. Elle examine le membre de marbre, cassé au niveau du poignet.

— Ça fait mal ?

— Non... Comme je t'ai dit tout à l'heure, je n'ai plus aucune sensation dans ce bras.

Elle pige un rouleau de bandage dans le sac de Kian et entreprend d'emmailloter le moignon immaculé.

— Tu perds ton temps... C'est de la roche, ça ne saigne pas.

— Mais on ne peut pas laisser ta blessure ainsi...

— Ce n'est pas une blessure, c'est un bout de statue cassé.

Il est vrai que le bandage autour du poignet de marbre a quelque chose d'absurde. Alaka termine néanmoins son travail avant d'aller s'asseoir près de son frère.

Le silence tombe sur la petite troupe.

Le matin est long à venir, et le sommeil difficile à trouver.

Finalement, les premiers rayons percent à travers la toile de l'abri. Avec eux, la peur du berkan se dissipe un peu, et les esprits s'éclaircissent. Mais dès qu'Alaka pose les yeux sur le pansement de Kian, son cœur se serre d'angoisse. Une lourde atmosphère pèse sur le petit déjeuner des enfants.

— Tu sembles aller mieux, Alaka, fait remarquer Amuleï. Tu n'as plus de nausée ?

— Non. C'est passé.

Elle va au ruisseau pour laver la vaisselle. Pendant ce temps, Lioro déplie la carte de la région.

— Nous sommes presque arrivés à la forêt de Luria. Nous devrions l'atteindre en fin d'après-midi.

— Eh bien, partons vite d'ici, propose Kian. Je déteste cet endroit.

Les garçons remballent leurs affaires et les chargent dans la charrette. Ils y attèlent Kirkilu, qui semble s'être à peu près remis de sa mésaventure de la veille. Son museau est enflé cependant, et le pansement que lui a fait Kian l'agace. Il ne cesse de se frotter le nez entre les pattes pour s'en débarrasser.

— Arrête de faire ça, Kirkilu, le gronde Lioro en flattant l'encolure de l'okoma. Ça ne guérira pas bien.

L'animal expire un grand coup, comme s'il soupirait, et se calme.

Il y aura bientôt une semaine que les habitants de Valékino, de Rikavika et de Salora ont quitté leur village. Depuis le début de leur périple, les enfants et Amuleï n'ont traversé qu'une succession sans fin de plaines arides couvertes de poussière orangée, de vallons stériles où çà et là subsiste un buisson épineux, arrosé par un minuscule ruisseau. Mais ce jour-là, les voyageurs rencontrent leur premier véritable îlot de verdure.

— Regardez! s'exclame Lioro en montrant l'horizon. Des arbres!

Monté par le garçon, Kirkilu s'en approche, tirant derrière lui la charrette dans laquelle discutent

Alaka, Kian et Amuleï. Mignonne devance l'okoma. Elle flaire déjà la piste de son prochain repas.

— S'agit-il de la forêt des Sœurs Vertes ? demande Alaka avec enthousiasme.

— Non, c'est beaucoup trop petit, répond son frère. Mais Luria n'est qu'à quelques kilomètres d'ici.

Bientôt, les troncs se profilent sur le bleu éclatant du ciel. En les voyant, Lioro déchante.

— Mais... ils sont tous morts...

L'étendue d'arbres est deux à trois fois plus importante que le bois aux goïbos — qui a gardé ce nom bien que personne n'y ait plus trouvé le moindre tubercule depuis longtemps — situé non loin de Valékino. Mais comme là-bas, ce n'est plus que du bois mort. Par miracle, quelques rares arbres tiennent encore debout, mais leur écorce est craquante comme des biscottes et se détache par plaques. Il ne reste plus une seule feuille aux branches racornies, plus un seul fruit. Et sous les troncs renversés, le sol est à nu, aussi poussiéreux que les rues de terre battue de Salora.

Guidé par Lioro, Kirkilu contourne le bois. Les enfants se taisent et contemplent le lamentable spectacle. Le silence qui règne est révélateur : la vie a quitté les lieux depuis longtemps.

Amuleï partage ses réflexions avec ses protégés.

— Je suis surpris que Mérikir ait réussi à faire des ravages jusqu'ici, si près de Luria... Pholia et Radixa lui ont cédé beaucoup trop de leurs terres. C'est mauvais pour nous.

— Pourquoi ? demande Alaka.

— C'est signe qu'elles sont très affaiblies... Elles nous feront des alliées moins puissantes que je l'espérais.

Ils traversent une nouvelle plaine sèche, aussi désolée que les paysages des derniers jours. Le vent soulève quelques volutes de sable jaunâtre et secoue les buissons déshydratés. Le groupe passe près de nouveaux terrains boisés, en bien piètre état également. Il y a de plus en plus d'arbres, mais toujours aussi morts.

— Luria ne devrait plus être très loin, maintenant, fait remarquer Lioro.

Les autres ne répondent rien, inquiets à l'idée de la découvrir dans le même état de dévastation.

Mais lorsqu'ils aperçoivent la lisière de la forêt, d'un vert soutenu, ils poussent un soupir de soulagement. Alaka se penche sur le bord de la charrette.

— Comme je suis contente de voir que Luria a survécu ! Les Sœurs Vertes sont tout de même parvenues à préserver le cœur de Klorian des griffes de Mérikir.

La ligne verte à l'horizon se déploie à l'est et à l'ouest sur une bonne distance, avant de se fondre dans l'ocre des plaines.

— Oh, cette forêt est immense ! s'extasie Kian.

Mais Amuleï n'est pas du même avis.

— Ce n'est rien en comparaison de ce qu'elle était autrefois. Du temps où je régnais sur Litheira avec Mérikir, elle devait couvrir trois fois plus de territoire.

— Elle est encore là, rétorque Alaka. C'est le principal, non ?

— Tu as raison. Pendant un moment, j'ai cru que nous ne trouverions ici qu'un cimetière d'arbres.

Kirkilu atteint enfin l'orée de la forêt. Lioro descend de selle, agrippe les rênes de l'okoma et le guide sous l'arche des branches. Alaka et Kian sautent en bas de la charrette. Ils se penchent pour observer les rochers recouverts de mousse, palpent les écorces rugueuses, ramassent des feuilles tombées sur le sol. Des insectes pourpres voltigent autour d'eux, leurs quatre paires d'ailes battant l'air. Des oiseaux aux longues plumes duveteuses plongent du haut des arbres pour les gober. Sous les pas des enfants détalent des bestioles affublées de deux queues touffues. Amuleï est demeuré dans la voiture, mais Mignonne a filé entre les arbres, attirée par l'odeur de la viande fraîche.

Plus loin, le sous-bois ne reçoit que peu de la lumière du soleil ; le sol y est détrempé. La charrette s'embourbe, et les enfants doivent s'y mettre à trois pour la dégager. Lorsqu'ils parviennent à la pousser un peu plus loin, ils remarquent que la flore a changé autour d'eux.

La forêt s'est transformée et a pris des airs mystérieux. Les branches, plutôt que de pointer vers le ciel en quête de lumière, laissent pendre leurs extrémités vers le sol dans lequel elles s'enfoncent, comme pour rejoindre leurs sœurs racines. En résulte ce qui ressemble à des murs, qui séparent d'étranges chambres végétales. Au centre de chacune d'elles se dresse un tronc argenté, comme une colonne qui en soutient l'architecture. Les enfants passent d'une pièce à l'autre en écartant les rideaux de verdure pour faire avancer la charrette.

— Comme c'est curieux..., note Alaka, intimidée par l'étrangeté des lieux.

Amuleï explique.

— Nous venons d'entrer dans le Palais Enchevêtré, la demeure des Sœurs Vertes. On raconte que les arbres qui le composent sont nés en même temps que Pholia et Radixa. Ce qui leur donne plus de mille ans d'âge.

— Ouaaah..., s'extasie Alaka, le nez levé vers les ramures.

Tout à coup, Lioro pousse un cri strident. Alaka et Kian se tournent dans sa direction. Le garçon désigne un objet qui pend entre les branches de l'arbre sous lequel ils viennent de passer.

— Que... que..., balbutie-t-il, effrayé, qu'est-ce que c'est que ça?

Kian s'approche et examine la chose.

— On dirait une tête minuscule...

L'objet rond suspendu, qu'on aurait pu prendre pour un fruit, n'en est pas un. La sphère vert-de-gris, pas plus grosse que le poing, tourne vers les enfants un visage grimaçant bien vivant. La petite bouche édentée s'ouvre pour proférer des imprécations silencieuses.

— C'est une pupilia, littéralement « vieille pomme », explique Amuleï. Ce sont les yeux des Sœurs Vertes. Nous ne devrions pas tarder à les voir apparaître.

— Elle est dangereuse, cette pupilia ? demande Lioro, méfiant.

— Non. Mais l'accueil que nous réserveront Pholia et Radixa dépendra de ce qu'elle voudra bien leur raconter sur notre compte.

Soudain, les feuilles autour d'eux se mettent à bruire de plus en plus fort, agitées par une force invisible. Kirkilu tourne la tête à droite et à gauche en humant l'air. À côté d'Alaka, la pupilia se met à frétiller au bout de sa tige. D'autres pupilias l'imitent, dans les arbres voisins, étourdissant les enfants avec leurs mouvements désordonnés. Inquiets, ils se serrent les uns contre les autres autour du tronc central. Alaka demande :

— Qu'est-ce qui se passe, Amuleï ?

— C'est Pholia et Radixa... Elles arrivent.

CHAPITRE 13

Entre le mur de branches et le tronc sur lequel sont appuyés Alaka, Lioro et Kian, un petit monticule de terre se soulève. Une minuscule pousse en sort et déplie sa tête vert tendre. La tige s'étire en frémissant. Une feuille apparaît, puis une autre. Ensuite, tout se précipite : les rameaux s'allongent, s'enveloppent d'une peau émeraude, se chargent d'un feuillage touffu, gorgé de chlorophylle. Le tronc se gonfle, se tord de nœuds. Des pupilias naissent au bout de chacune des branches de l'arbre et dirigent leur regard sombre vers les enfants. Il y en a bien une centaine. Un visage sans yeux se grave dans l'écorce. Une bouche s'ouvre, et une voix d'outre-tombe se fait entendre.

— Étrangers, vous avez osé pénétrer sans autorisation dans le Palais Enchevêtré des Sœurs Vertes ! Qui êtes-vous donc, des sbires de Mérikir ?

Les enfants, tétanisés devant cette apparition, sont incapables d'articuler le moindre son. Amuleï s'avance.

— C'est moi qui les ai fait entrer, Pholia.

La créature végétale se penche au-dessus du petit ako. Ses feuilles lobées effleurent la peau de poussière.

— Il me semble te connaître, petit animal noir... Mais la mémoire me fait défaut.

— Ne te rappelles-tu pas ton frère des Forges ?

Pholia secoue sa ramure, stupéfaite. Elle s'écrie :

— Amuleï ?

— C'est bien moi.

— Mais... je te croyais disparu !

— C'est tout comme... Regarde ce que ce Mérikir a fait de moi... Je n'ai plus la moitié de mes pouvoirs d'autrefois.

— Oh, quel bonheur de te revoir !

L'arbre frissonne de joie des racines à la tête.

— Oui, ça fait longtemps ! dit Amuleï. Comment se porte Radixa ? Je m'attendais à ce qu'elle vienne avec toi.

Pholia laisse retomber ses branches le long du tronc.

— Ah, Radixa... Elle ne va pas très bien depuis quelque temps. Gracieuseté de ce diable de Mérikir, qui la ronge par-dessous. Elle n'arrive plus à sortir de terre. Mais elle est bien là, avec moi.

Du bout des feuilles, elle montre le sol sous ses pieds. Elle reprend, mélancolique :

— Tu sais bien que nous sommes inséparables, toutes les deux. Sans ma sœur jumelle, je sécherais sur pied.

— Je suis navré pour elle... Tout est de ma faute.

— Le seul coupable, c'est Mérikir. Et Radixa est peut-être faible, mais pas encore vaincue.

Elle redresse les branches avec détermination.

— Présente-moi tes compagnons... J'ai d'abord cru qu'après avoir vidé mes terres de ses habitants, Mérikir m'envoyait ses espions.

— J'admets que ce serait bien son genre.

— Ce sont des humains, n'est-ce pas ?

Amuleï acquiesce.

— Je les ai pris sous ma protection. Voici Alaka et Lioro, du village de Valékino.

Ils s'inclinent avec timidité devant Pholia. Alaka bafouille :

— Nous sommes heureux de vous rencontrer, Dame Verte.

— Et voici Kian, de Rikavika, poursuit Amuleï. Malheureusement, pour lui, je suis arrivé un peu tard.

Le garçon, honteux de son apparence, baisse la tête, dont la moitié gauche est recouverte d'un casque de marbre. Contre son cœur, son bras mutilé pèse lourd.

— Voilà donc le sort que Mérikir a réservé à mes fidèles, comprend Pholia, indignée. Les transformer en statues... Quelle cruauté !

— Oui, fait Amuleï. Encore une fois, je suis désolé...

— Tu n'as pas à l'être. Au contraire, je te suis reconnaissante d'avoir réussi à sauver trois de mes sujets. D'ici, je n'ai rien pu faire pour eux. Les hommes habitent trop loin de la forêt. Ironie du sort, la seule humaine qui se trouvait dans mon périmètre de protection et qui, grâce à cela, a été épargnée par le maléfice est une espionne de Nivia que je garde en captivité au palais.

Amuleï se surprend de cette mauvaise nouvelle.

— Le domaine de Nivia en a aussi contre vous ?

— Il y a deux semaines, mes gardes ont surpris une jeune fille en train d'essayer de passer illégalement la frontière de Klorian, par les montagnes. Ils me l'ont amenée. Elle porte une marque en forme de flocon au milieu du front.

— Le symbole des Enfants de Nivia, murmure Amuleï, pensif. Pourtant, ce groupe parrainé par les Sœurs Blanches est censé incarner l'essence même du domaine de glace... Je le croyais pacifique.

— Cette fille était armée lorsqu'elle a été appréhendée par les gardes. Elle s'est présentée sous une fausse identité et leur a débité je ne sais quelle histoire sans queue ni tête. Lorsqu'ils ont découvert le dessin de flocon qu'elle tentait de cacher sous un bandage, leurs derniers doutes se sont évanouis : c'est bel et bien animée d'intentions malveillantes qu'elle espérait traverser la frontière.

— Depuis que le regard de nos parents a cessé de se faire sentir, les moutons noirs de la famille se manifestent... À ce sujet, je ne sais toujours pas ce qui leur est arrivé.

— Radixa et moi non plus, pour tout te dire. Les premiers temps, j'ai dépêché plusieurs messagers à la Tour de Guet, mais aucun n'est jamais revenu.

Amuleï se rembrunit.

— Je sais au moins le sort qui a été réservé à six d'entre eux. Mérikir les a capturés. Il s'en est servi pour me tendre un piège, et, comme peut en témoigner ce corps d'ako, je suis tombé en plein dedans.

— Il y en a un qui est revenu au Palais Enchevêtré et qui m'a raconté que tu l'avais sauvé. Tu as chèrement payé sa vie. Ah, ce Mérikir... il est la honte de notre famille ! se désole Pholia avec amertume.

Puis elle reprend le fil de son idée.

— J'ai envoyé beaucoup plus que six silkas aux nouvelles. Quant à ce qui est advenu des autres, je n'en ai pas la moindre idée. Je serais bien allée voir par moi-même à la Tour de Guet, mais je ne puis me séparer de Radixa. Et avec la crise que vivait Klorian, il était hors de question que nous quittions toutes les deux la forêt de Luria. Nous n'aurions pas pu garantir la sécurité du domaine aussi loin de la source de notre pouvoir.

Alaka fait un pas en avant et exécute une petite révérence respectueuse.

— J'irai, moi, à la Tour de Guet, déclare-t-elle en se redressant.

— Alaka ! dit Lioro, qui ne semble pas trouver l'idée bonne du tout.

Pholia fait bruire ses branches.

— Tu ne réalises pas l'ampleur de la tâche, jeune humaine. Si mes silkas n'en sont pas revenus, je vois mal comment tu pourrais y arriver.

— J'ai certains pouvoirs, grâce à Amuleï. Et je sais assez bien me battre au bâton. Quand nous aurons libéré nos parents et qu'Amuleï aura retrouvé sa place dans les Forges, il pourra me prêter quelques gardes du corps. Et j'irai.

— Nous évaluerons la question en temps et lieu, dit Amuleï pour clore le débat. Commençons par régler son compte à Mérikir. Il faut l'arrêter au plus vite, avant que la situation devienne irréversible.

— Mais comment? demande Pholia, découragée. Dans ton état, tu n'es pas en mesure de te dresser contre lui.

— C'est la raison de notre venue à Luria. Nous sollicitons votre aide, à Radixa et à toi.

Toutes les pupilias fixent leurs yeux noirs sur Amuleï. Pholia agite ses branches devant son visage.

— Bon... je vais voir ce que je peux faire. Viens, je te conduis dans mes appartements pour que nous en discutions.

Amuleï se tourne vers Alaka, Lioro et Kian. Ceux-ci baissent la tête en signe de respect.

— Et mes protégés?

— Ils nous accompagnent, bien sûr.

CHAPITRE 14

Amuleï, Alaka et Kian avancent entre les rideaux de branches tombantes du Palais Enchevêtré. Devant eux, Pholia les guide : elle éclot pour quelques secondes, se recroqueville sur elle-même, rentre sous terre, et renaît une dizaine de pas plus loin. Lioro suit les autres avec Kirkilu, la bride à la main. Mignonne n'a toujours pas reparu depuis qu'elle s'est élancée dans le sous-bois sur la piste d'une proie, à leur entrée dans la forêt.

Alaka laisse son regard vagabonder pour observer les chambres à travers le magnifique voile que forment les branches. La plupart d'entre elles sont garnies d'un lit de verdure, d'un tapis de mousse et d'une table de bois. Accrochées autour du tronc central, des lianes tressées dans lesquelles sont glissées des fleurs aux pétales luminescents jettent une douce lueur argentée sur le mobilier.

— À quoi servent toutes ces pièces ? demande Alaka à Amuleï.

— C'est ici que dorment les silkas, les serviteurs du palais.

— Mais nous n'avons croisé personne jusqu'à maintenant...

— Les silkas savent prendre toutes sortes de formes pour passer inaperçus.

Pholia, qui a entendu leur conversation, apporte certaines précisions :

— La majeure partie des chambres ne sont plus occupées. Mon personnel s'est beaucoup réduit, depuis douze ans... J'ai perdu tellement de silkas en les envoyant à la Tour de Guet !

Soudain, une salle différente des autres attire l'attention d'Alaka. Entre les murs que dessinent les ramifications de l'arbre qui pendent jusqu'au sol, une seconde paroi, hermétique celle-là, forme une sorte de corolle blanchâtre, presque diaphane. À l'intérieur de cette gigantesque cloche, Alaka distingue une silhouette humaine.

— Ma prisonnière, explique la Dame Verte en tendant ses feuilles vers l'étrange cage végétale. L'espionne de Nivia.

Alaka plisse les yeux pour mieux voir. Une jeune fille est assise sur un pouf de lichen, les chevilles ligotées. Ses mains, liées aussi, sont posées sur ses genoux, et un morceau d'étoffe, noué derrière sa tête, lui couvre le bas du visage. Sur son front est dessiné en relief un flocon de neige bleu.

Alaka croise le regard de la détenue et y lit un tel désarroi qu'elle s'arrête un instant, le cœur serré.

— Pourquoi est-elle bâillonnée ? s'informe-t-elle sans quitter l'espionne des yeux.

— Elle criait tout le temps. C'en était devenu tout à fait insupportable.

Bien qu'elle sache qu'il s'agit d'une criminelle, Alaka sent un grand élan de sympathie lui traverser le cœur. Cette fille n'est pas mauvaise, elle en est convaincue. Elle aimerait bien connaître le motif qui l'a poussée à sombrer dans l'illégalité.

— Venez, nous sommes presque arrivés à mes appartements, déclare Pholia en les invitant à continuer leur route.

En effet, après qu'ils ont dépassé une dizaine de chambres supplémentaires, une vaste voûte s'ouvre au-dessus de leur tête. Plusieurs colonnes noueuses la soutiennent. De la cime des arbres pendent de fines lianes mordorées, ponctuées de feuilles vert sombre. Des bancs d'osier sont disposés, ici et là, entre des parterres où s'épanouissent des touffes de fleurs aux pétales fuchsia et or.

Alaka est éblouie par ce qui l'entoure. Elle n'a jamais vu autant de couleurs, jamais senti autant de parfums en un même endroit.

Lioro arrive peu après, tirant Kirkilu derrière lui.

— C'est bon, mon gros, dit-il à l'okoma en lui retirant son harnais. Tu peux te reposer.

Pholia reprend sa forme sylvestre, telle qu'elle s'est montrée à eux un peu plus tôt. Les pupilias suspendues à ses branches se tournent vers ses invités.

— Prenez place, ordonne-t-elle, en désignant une table basse sculptée dans une souche, autour de laquelle sont posés plusieurs coussins de mousse.

— Merci, fait Amuleï en s'installant.

Les trois enfants l'imitent alors que Pholia reprend la parole :

— Oh, avant que j'oublie, Radixa m'a rappelé quelque chose sur le chemin pour venir jusqu'ici.

Elle étire sa branche vers l'un des troncs qui supportent la voûte. Elle fouille dans un trou creusé dans le bois et en retire un petit paquet. Elle le dépose devant Amuleï.

— Ceci t'appartient, je crois. Je ne pensais jamais pouvoir te le remettre un jour.

— Qu'est-ce que c'est ?

— Ouvre, tu verras bien.

Les feuilles lustrées sont retenues ensemble par une ficelle. Avec ses doigts minuscules d'ako, Amuleï la dénoue. Un frisson lui parcourt l'échine.

— Mais... ce sont...

L'enveloppe se déplie lentement. À l'intérieur, une poignée de poussière.

— Mes... mes particules !

Aussitôt, les gravillons se soulèvent et commencent à tourbillonner dans les airs autour de leur propriétaire. Un à un, ils rejoignent son corps, s'imbriquent en lui comme les pièces d'un casse-tête. Amuleï soupire d'aise. À chaque grain qui reprend sa place, il a l'impression d'être plus complet, plus puissant. Le tout dernier volette devant ses yeux, se dépose sur son crâne et se fond parmi les autres. L'ako vient de doubler de volume. Alaka en reste bouche bée.

— Essayons un peu cela..., murmure-t-il pour lui-même.

Il se contracte, et ses particules se mettent à vibrer. Les contours de son corps se brouillent, ondulent dans l'espace. Lentement, il se métamorphose. De plat, il devient rond, puis élancé. Ses pattes glissent sur les côtés de son thorax et vont se placer sous son corps. Sur sa peau lisse naissent des poils, sur son museau, des moustaches. De larges oreilles surgissent de son crâne et s'enroulent sur elles-mêmes comme les pétales autour du cœur de la fleur.

Alaka pousse un cri d'émerveillement. Les garçons sont ébahis. Eux qui n'ont jamais vu Amuleï autrement que sous la forme d'un ako restent béats devant le grand animal couleur de suie qui se tient debout devant eux.

— Tu... tu peux te transformer ? s'étonne Lioro.

— Oui, mon garçon ! Avouez que la silhouette du kiakal me sied mieux !

— Du kiakal ?

— C'est un animal qui habite Litheira. Ah, plus jamais vous ne me verrez emprunter l'apparence d'un ako! N'importe quoi, mais pas ça!

— Et puis, comment te sens-tu, Amuleï? s'enquiert Pholia, amusée.

— Tellement bien! Je revis!

— Je suis heureuse d'entendre cela.

— Dis-moi: mes particules, où les as-tu trouvées?

— Je les accumule depuis douze ans. Peu de temps après que j'ai appris ta disparition, des grains de poussière ont commencé à se déposer sur mes feuilles. Jusque-là, rien d'extraordinaire, sauf que ces grains-là, ils me collaient à la peau... Impossible de m'en débarrasser! On aurait dit qu'ils voulaient intégrer mon corps. J'ai tout de suite pensé: ce sont les reliques d'Amuleï. Elles cherchent à me dire quelque chose. J'ai arraché les feuilles sur lesquelles elles s'étaient fixées, et je les ai rangées en lieu sûr, en souvenir de toi. Il y a plusieurs années qu'il n'en est plus venu, c'est pour ça que je n'y ai pas pensé sur le coup.

— Je comprends. Merci de tout cœur.

— Alors, es-tu de nouveau entier? l'interroge Alaka, pleine d'espoir.

— Non... malheureusement. Il me manque toujours des particules, celles qui me permettraient de regagner tous mes pouvoirs.

— C'est Mérikir qui les a, déclare Pholia.

Amuleï se tourne vers elle.

— Comment sais-tu cela ?

— Le silka que tu as sauvé me l'a appris, lorsqu'il est revenu de Litheira, il y a douze ans. Il a vu Mérikir les mettre dans un flacon.

— Oui... Quelque part au fond de moi, je sais que c'est lui qui les détient... Il les contemple tous les jours et se félicite de m'avoir vaincu. Le traître.

Amuleï se tait, en proie à de sombres pensées. Les enfants le regardent avec inquiétude et compassion. C'est Pholia qui brise le silence.

— Ça ne sert à rien de broyer du noir. Ne m'as-tu pas dit que vous comptiez arrêter Mérikir ?

— C'est exact. Nous nous rendons aux Forges dans ce but.

— Eh bien, tes particules..., tu n'as qu'à aller les récupérer.

CHAPITRE 15

Amuleï penche la tête de côté et prend quelques instants pour y penser.

— Je voudrais bien, mais je ne peux pas y arriver seul. J'ai beau avoir retrouvé la capacité de me métamorphoser, ce n'est pas suffisant pour battre Mérikir.

— Radixa et moi, nous allons t'aider, déclare Pholia. Puisque nous devons rester au Palais Enchevêtré pour protéger ce qui reste de la forêt de Luria, Radixa a pensé que nous pourrions vous offrir un soutien matériel. Montrez-moi vos armes.

Alaka quitte sa place à table et se dirige vers la charrette, stationnée près de l'entrée des appartements des Sœurs Vertes. Juste à côté, Kirkilu dort à poings fermés. Pendant que la jeune fille se penche sur le rebord de la voiture pour y prendre son bâton, Lioro tire son fouet de sa ceinture. Il le tend à Pholia.

— Un fouet..., fait-elle en examinant l'objet. Une arme avec laquelle il n'est pas aisé de tuer.

— Je n'ai pas l'intention de tuer qui que ce soit.

— C'est tout à ton honneur. Cependant, tu rencontreras sur la route des Forges des ennemis dont il faudra te débarrasser. Ce n'est pas en leur tailladant la peau que tu y parviendras.

— Je maîtrise aussi la note qui rend fou.

Les yeux des pupilias accrochées aux branches de la Dame Verte s'écarquillent d'incrédulité.

— Impossible ! objecte celle-ci. Aucun homme n'est capable de l'atteindre.

Amuleï vient éclaircir la situation.

— Lioro le peut. C'est un don que je lui ai offert à la naissance.

— Eh bien, mon garçon, voilà un fabuleux cadeau. Utilise-le à bon escient.

— Oui, Dame Verte.

Elle élève l'une de ses branches jusqu'à la cime des arbres qui soutiennent la voûte et cueille avec précaution une liane qui pend du plafond. Elle l'enroule sur elle-même pour en faire une petite pelote et la dépose entre les mains de Lioro.

— Je tiens malgré tout à te remettre ceci. Remplace la lanière de cuir de ton fouet par cette liane. Tes coups ne rateront plus jamais leur cible.

— Je vous remercie, dit Lioro en s'inclinant.

Pholia se tourne vers Alaka.

— Et toi, jeune fille, que possèdes-tu pour te défendre ?

— Comme je l'ai mentionné tout à l'heure, je pratique l'art du maniement du bâton, Dame Verte.

Alaka présente son arme à Pholia. Maintenue à l'horizontale sur les paumes de la jeune fille, elle est en bien piteux état : l'une de ses extrémités est émoussée, et l'autre, fendue dans le sens de la longueur.

— Mais ce bâton n'est plus bon à rien ! constate Pholia, découragée.

Alaka baisse la tête.

— Il a été brisé par un berkan, l'autre nuit.

— Il t'en faut un nouveau. Laisse-moi te l'offrir.

Pholia s'éloigne de la table. Les pupilias, soudain en proie à une agitation inexpliquée, se mettent à remuer, la bouche grande ouverte. Alaka se penche vers Amuleï.

— Qu'est-ce qui se passe ?

— Pholia appelle l'un de ses silkas, explique-t-il tout bas. Le cri des pupilias est inaudible pour les humains.

Un gros insecte pourpre pénètre alors dans la salle, ses nombreuses ailes vibrant dans l'air. Alaka se souvient d'en avoir vu de semblables, un peu plus tôt, alors qu'elle s'enfonçait dans la forêt. L'insecte zigzague jusqu'à Pholia et se pose sur l'une des pupilias, qu'il tâte du bout des antennes. Alaka observe la scène avec attention. Soudain, il disparaît. À sa place se tient maintenant un de ces rongeurs à deux queues qu'ils ont également aperçus dans les bois. En quelques bonds, l'animal remonte la branche. Il ouvre la gueule et, avec ses longues incisives orangées, entreprend de grignoter l'endroit où elle rejoint le tronc. Tout cela se fait avec une rapidité déconcertante, qui prend de court les enfants.

Lioro se redresse, effaré.

— Hé! Cette bestiole va vous réduire en copeaux de bois!

— Calme-toi, mon garçon, intervient la Dame Verte. C'est moi qui le lui ai demandé.

— Mais... il vous ampute d'un bras..., proteste Kian d'une toute petite voix.

La branche tombe sur le sol. Le rongeur descend le long du tronc et s'attaque aux menues brindilles qui y sont toujours accrochées. Sur la plaie de Pholia suinte une sève claire. Puis, juste en dessous, un bourgeon perce l'écorce. Une feuille d'un vert lumineux en sort. Cette pousse minuscule suffit à rassurer Lioro et Kian.

Le silka a terminé de dégrossir le bâton. Il change une nouvelle fois d'apparence : il prend la forme d'un édamia, un quadrupède élancé à l'échine recouverte de piquants. L'animal referme ses mâchoires délicates sur le bout de bois et trotte jusqu'à Alaka. Il dépose son fardeau à ses pieds.

— Voilà pour toi, jeune fille, annonce Pholia. Je ne peux vous accompagner, mais l'un de mes bras s'en chargera à ma place. Chacune des fibres qui le composent se battra avec toi.

Alaka ne trouve pas de mots assez puissants pour exprimer sa reconnaissance. Elle serre le bâton contre son cœur et se penche en une profonde révérence. À côté d'elle, l'édamia, son dos hérissé d'épines, oriente sa tête fine dans la direction de sa maîtresse, dans l'attente de ses instructions.

— À toi, Amuleï, poursuit la Dame Verte en désignant son serviteur, j'offre ce silka. Il saura se rendre utile, le temps qu'il réussira à survivre hors de mes terres.

— Mais ça revient à le condamner, Pholia! proteste Amuleï.

— Certains sacrifices sont justifiés. Mes serviteurs sont tous prêts à payer de leur vie la protection du domaine de Klorian. Et ce silka-ci a une dette envers toi. C'est celui que tu as sauvé des griffes de Mérikir, ce jour funeste où tu as été pulvérisé.

L'édamia ploie son cou gracieux en signe de soumission. C'est décidé: il accompagnera la troupe à Litheira. Reste Kian. Pholia se tourne vers lui.

— Et toi, jeune homme, avec quoi te battras-tu?

— Je serais plutôt du genre à soigner les blessés, une fois la bagarre terminée. De toute façon, dans ma condition, je ne vaudrais pas grand-chose au combat.

— Je vois... Dans ce cas, accepte ceci.

Elle fouille de nouveau dans l'une des niches creusées dans le bois de la colonne. Elle choisit un paquet enveloppé dans des feuilles luisantes, semblable à celui qui contenait les particules d'Amuleï. Elle le dépose sur la table, devant Kian.

— Il s'agit d'une pommade d'herbes aux nombreuses vertus médicinales. En cas de blessure, elle peut être utilisée comme onguent cicatrisant, et elle fait des miracles contre presque tous les maux internes. Il suffit d'en déposer une noisette sous sa langue ; les résultats sont prodigieux. Elle possède également la propriété de se renouveler. Tu n'en manqueras jamais, même si tu devais soigner des milliers de patients. Malheureusement, elle ne peut rien contre le marbre qui ronge ta chair...

— Je vous remercie. Je vous promets d'en faire profiter mes compagnons.

— Espérons plutôt que tu n'auras pas à t'en servir.

C'est alors que la voix inquiète de Lioro résonne sous la haute voûte fleurie.

— Alaka !

La jeune fille est pliée en deux à côté de la table, une main plaquée sur ses lèvres pour retenir un haut-le-cœur. Son frère se penche auprès d'elle.

— Est-ce que ça va ?

— Non..., gémit-elle entre ses doigts. Quelque chose se prépare, Lioro... quelque chose de très mauvais.

CHAPITRE 16

Cette nuit-là, la petite troupe dort au Palais Enchevêtré.

— Vous restez ici, a décidé Pholia, après qu'on lui a expliqué la raison du malaise d'Alaka. Amuleï, Radixa et moi veillerons ensemble. S'il se produit une catastrophe, nous serons prêts à réagir.

— Mais si Amuleï s'éloigne de nous, nous ne serons plus protégés contre le maléfice de Mérikir, proteste Kian.

— Vous n'avez rien à craindre. Le sortilège ne peut traverser les murs de ce château.

Chacun dans leur chambre, les enfants tentent de trouver le sommeil. Grâce à la pommade de Kian, la nausée d'Alaka est passée. Malgré cela, elle continue d'avoir au plus profond d'elle-même la certitude qu'un drame est sur le point de se produire. Impossible de fermer l'œil. Elle garde les pupilles fixées au plafond et attend.

Ce n'est qu'un peu avant l'aube que tout se déclenche. La première chose qu'Alaka perçoit est une espèce de grondement lointain. Un tremblement de terre. Mais rapidement, il se rapproche, et en quelques secondes, les objets dans la pièce se mettent à vaciller. Les sacs de voyage d'Alaka s'ouvrent et leur contenu se répand sur le sol. Les murs de branches bruissent, secoués, et les fleurs accrochées au tronc central perdent leurs pétales luminescents un à un. L'obscurité se fait autour de la jeune fille. Affolée, elle quitte son lit d'un bond, mais elle perd l'équilibre et tombe par terre. Elle rampe sur le tapis de mousse et parvient à trouver la sortie dans le noir.

La puissance du séisme ne cesse de croître.

— Lioro! appelle Alaka en marchant à quatre pattes dans le couloir. Kian!

Elle sait que les garçons logent un peu plus loin dans cette aile. Mais avec le sol qui tangue, et les murs qui se balancent, elle perd tous ses repères. Elle s'arrête en plein centre du corridor et regarde autour d'elle pour tenter de s'orienter. C'est alors qu'une albestia beaucoup plus massive que Mignonne arrive derrière elle, ses quatre queues déployées en éventail sur son dos. Instinctivement, Alaka recule. L'animal se métamorphose aussitôt en un petit oiseau bleu pervenche.

— Un silka..., comprend-elle.

L'oiseau se pose sur sa tête et agrippe une mèche de cheveux, sur laquelle il tire avec insistance.

— Tu veux que je te suive ?

Le silka lui répond par un piaillement et s'envole dans la direction opposée à celle des chambres de Lioro et de Kian. La jeune fille hésite. Soudain, un craquement assourdissant retentit tout près. Alaka hurle. Elle sent le sol se désagréger sous ses pieds. Pour éviter de sombrer dans le gouffre, elle bondit vers l'oiseau bleu, qui prend alors la forme d'un okoma. Alaka se hisse sur son dos. L'animal fonce dans le couloir, et passe en trombe devant la chambre dans laquelle elle a passé la nuit. Il file à vive allure, ralentissant à peine pour éviter les murs de branches. Alaka se cramponne à la fourrure rêche de sa monture. La tête lui tourne. Elle a peur. Dans son dos, elle entend le sol qui se fend, les plaques de roc qui s'entrechoquent.

— D'autres silkas sont allés chercher mon frère et mon ami, n'est-ce pas ? crie-t-elle en espérant couvrir le vacarme.

L'animal ne répond pas. Il court de plus belle.

Ils arrivent dans les appartements des Sœurs Vertes. L'okoma freine, mais emporté par son élan, il dérape sur le tapis de mousse qui couvre le sol. Alaka saute en bas de sa monture. Elle se précipite vers Pholia et Amuleï, qui se tiennent bien droits, l'un à côté de l'autre, comme s'ils méditaient. Aux branches de la première pendent des pupilias qui brillent de mille feux, tandis que le second crache dans les airs des jets d'étincelles. Une faible lueur semble également jaillir de la terre, à l'endroit où s'enfoncent les racines de Pholia. Jusqu'à la voûte, l'endroit est baigné d'une clarté aigue-marine.

— Où sont Lioro et Kian ? demande Alaka, paniquée.

C'est Pholia qui lui répond.

— Les silkas que j'ai envoyés à leur secours ne sont pas encore revenus. Ils ne devraient pas tarder.

Alaka se tord les mains d'anxiété.

— Je vous avais dit qu'un désastre se préparait... Pourquoi n'avez-vous rien fait pour l'empêcher ?

— Nous nous y efforçons, tous les trois, se défend Amuleï. Je crains que Mérikir n'ait gagné en puissance.

La jeune fille se laisse tomber sur un pouf, près de la table basse. Une fois de plus, elle ne peut qu'attendre.

Il faut encore près de dix minutes pour que la terre cesse de trembler. Durant tout ce temps, des torrents de lumière se déversent des corps des trois démons alliés. Lorsqu'ils parviennent enfin à arrêter le séisme, la ramure de Pholia s'atrophie jusqu'à n'être plus que celle d'un jeune arbrisseau, et Amuleï s'effondre sur le sol. Il se métamorphose en nokéro, animal de moindre envergure que le kiakal. Tous deux sont exténués.

Alaka se ronge les sangs.

— Lioro et Kian n'arrivent toujours pas...

Lorsque les premiers silkas pénètrent dans la pièce, elle bondit sur ses pieds. Mais les garçons ne sont pas avec eux.

Pholia et Amuleï prennent connaissance des nouvelles qu'ils apportent : une crevasse gigantesque a éventré une portion du palais. La moitié de l'aile occidentale s'est effondrée dans le gouffre et a été détruite.

— L'aile ouest..., répète Alaka, ébranlée. N'est-ce pas dans cette partie du château que nous avons dormi, Lioro, Kian et moi ?

Pholia sait que ce qu'elle s'apprête à dire sera comme un coup de poignard dans le cœur de la jeune fille.

— ... Oui.

Alaka sent tout son corps se raidir.

— Non ! se lamente-t-elle. Non, non, non !

— Alaka..., murmure Amuleï en s'avançant vers elle.

— Ils ne sont pas morts ! C'est impossible, je le saurais ! Cette pâte d'herbes médicinales a beau avoir des effets extraordinaires sur moi, s'ils avaient été tués, elle ne pourrait pas m'empêcher d'être malade au point d'en vomir tout ce que j'ai dans l'estomac !

Elle s'élance vers la porte.

— Poussez-vous ! ordonne-t-elle aux silkas sur son chemin. Je vais les retrouver, même s'ils sont enfouis sous des tonnes de débris ! Je vais les retrouver, et, je vous le jure, ils seront bien vivants !

CHAPITRE 17

Durant deux heures, alors que le soleil monte dans le ciel à l'est, Alaka déplace de lourdes pierres. Elle s'entaille les mains sur les arêtes coupantes des pavés, trébuche et s'écorche les genoux en sautant d'un bloc rocheux à un autre.

Grâce à sa magie qui commande aux plantes, Pholia a arraché de la fosse tous les vestiges d'arbres qui s'y trouvaient, afin de faciliter les recherches. Alaka aurait pu être impressionnée de voir les matelas de mousse écrasés et les troncs fendus léviter hors du trou pour rejoindre une montagne de débris. Mais elle est beaucoup trop préoccupée au sujet de Lioro et de Kian.

La crevasse est si profonde que la jeune fille a dû utiliser une échelle de corde pour y descendre. Amuleï et les silkas qui n'ont pas péri dans l'accident l'assistent dans ses fouilles. Une dizaine des serviteurs manquent à l'appel, de même que la prisonnière au front marqué d'un flocon de neige, l'espionne de Nivia. Malgré la fatigue et les plaies qui couvrent l'intérieur de ses paumes, Alaka ne perd pas espoir de retrouver Lioro et Kian. Il lui faudra du temps pour inspecter le gouffre, puisqu'il fait bien quelques centaines de mètres de long. Chaque minute qui passe réduit les chances de survie des disparus.

Pholia apparaît sur la crête qui surplombe le trou. Elle se penche vers le fond.

— Avez-vous trouvé quelque chose ?

— Pas encore ! répond Amuleï.

Quant à Alaka, elle se tait. Elle se sert du bâton qu'elle a reçu en cadeau la veille comme d'un levier pour déplacer les blocs de granit. Dessous, elle découvre des pierres et encore des pierres.

— Oh !

Elle s'accroupit sur une dalle. Dans un creux, elle a repéré une touche de bleu pervenche. Elle passe la main dans la fente et tâte la forme inerte. C'est petit, doux comme du velours, duveteux. Un oiseau. Elle glisse les doigts sous l'animal et le sort de là. Au creux de sa paume, elle peut sentir palpiter le cœur délicat, déréglé.

— Dame Pholia ! fait-elle. Je crois que j'ai trouvé l'un de vos silkas !

En haut, l'arbre rapetisse jusqu'à disparaître dans la terre. Quelques secondes plus tard, une jeune pousse pointe sa tête entre deux pierres, à quelques pas d'Alaka. La plante étire sa ramure touffue vers le ciel.

— Montre-moi.

La jeune fille tend ses mains. Pholia ausculte le petit corps de l'oiseau avec le bout de sa branche. Une feuille s'en détache et se dépose sur le silka blessé.

— Enveloppe-le avec ceci et tiens-le blotti contre toi un instant.

Alaka s'exécute. Quelques secondes suffisent pour qu'elle le sente gigoter entre ses doigts. Elle les ouvre : le petit animal secoue ses plumes et s'envole. Il se pose sur une branche de Pholia et s'incline. Puis, il quitte le fond du gouffre à tire-d'aile pour regagner l'intérieur du Palais Enchevêtré.

Alaka se remet debout avec un soupir.

— Si seulement je pouvais aussi retrouver Lioro et Kian...

Elle redouble d'efforts et creuse les monticules de débris avec détermination. Soudain, à quelques mètres de l'endroit où elle se tient, une touche de couleur attire son attention. Elle déblaie le gravier qui recouvre l'objet avec ses doigts. Un morceau de tissu apparaît. Alaka l'empoigne des deux mains et tire de toutes ses forces.

Le bout d'étoffe se dégage, et elle tombe à la renverse.

— C'est... c'est l'un des sacs de Lioro ! affirme-t-elle d'une voix triomphante.

Elle hèle Amuleï et les silkas.

— C'est par ici qu'il faut chercher !

La fouille se poursuit encore durant près d'une heure. Alaka, Amuleï et les serviteurs du palais ont exhumé plusieurs sacs de voyage. L'un d'eux contient le fouet de Lioro, armé de la liane que Pholia lui a offerte ; un autre, la pommade de Kian.

Malgré ces découvertes, nulle trace des garçons. Alaka en profite pour avaler une nouvelle noisette de pâte et en étendre sur ses écorchures. Depuis le matin, elle n'a cessé de combattre une irrépressible envie de vomir. Si elle a tenu jusque-là, c'est grâce à la dose que Kian lui a fait ingurgiter la nuit dernière, avant la catastrophe. Mais elle a senti ses effets s'amenuiser d'heure en heure. Elle essuie la sueur à son front. Déjà, elle se porte un peu mieux.

Alaka est enfoncée jusqu'à la taille dans une large fosse. Elle vient de mettre la main sur ce qui ressemble à une couverture chiffonnée et déchirée. Elle la secoue pour la débarrasser des mottes de terre qui la souillent, puis elle la presse sur son cœur. C'est sa propre mère qui l'a tissée. Les larmes lui montent aux yeux.

— Toutes ces affaires, et eux qui ne sont pas là... Je ne comprends pas. C'est absurde...

Un jappement retentit alors et Alaka sursaute. Elle lève les yeux vers le haut de la crevasse. Une silhouette d'un blanc sale arpente le bord d'un pas nerveux. L'animal pousse un autre cri dans sa direction.

— Mignonne !

Alaka jette la couverture sur son épaule et escalade la paroi rocheuse. À cet endroit, celle-ci est beaucoup moins escarpée que là où elle est descendue, quelques heures plus tôt. Les gravillons roulent sous ses pieds. Amuleï la suit, sous la forme d'un animal noir au front ceint de quatre cornes recourbées et aux sabots adaptés à l'escalade.

La vue de ce côté du gouffre est consternante. Par-delà les ruines de l'aile occidentale du château s'étend une mer d'arbres déracinés, tombés les uns sur les autres comme des dominos. À la lisière de la forêt en ruine, Alaka aperçoit l'ocre des terres arides du Sud.

Elle s'agenouille et serre l'albestia dans ses bras.

— Mignonne, tu sais, à propos de Kian...

L'animal émet alors un cri, une longue plainte déchirante.

— Oui, ton maître a disparu... Veux-tu nous aider à le retrouver ? Avec ton flair, tu pourrais nous donner un coup de main, dans la fosse.

Mignonne pivote sur elle-même et fait quelques pas loin de la brèche, comme si elle voulait qu'ils la suivent.

— Qu'est-ce que tu fais ? Ce n'est pas...

— Oh, Alaka..., prononce Amuleï dans un souffle. Les Forges...

Elle comprend d'un coup ce qui est arrivé.

— Non... pas ça..., gémit-elle, ébranlée.

L'albestia tourne la tête vers eux, pour les inviter à la suivre.

— Oui, nous venons! lui lance Amuleï. S'il vous plaît, silkas, amenez notre okoma et notre charrette! C'est urgent! Ceux que nous cherchons sont partis vers les Forges!

CHAPITRE 18

Les silkas conduisent l'okoma attelé à la voiture de bois hors du palais. Aussitôt, Amuleï saute dans la boîte. Alaka y lance la couverture de Lioro et se hisse sur la selle. Pholia surgit de terre, tout près d'eux.

— Il ne sera pas aisé pour vous de traverser ce fouillis, fait-elle remarquer en contemplant ce qui reste de Luria, vers le sud. Laissez-moi vous ouvrir la voie.

Elle fait appel à la même magie qui lui a permis de débarrasser la fosse des débris végétaux. Des vagues de lumière jaillissent de ses branches, d'autres courent sur le sol, dans lequel est enfouie Radixa. Les buissons arrachés et les troncs renversés se meuvent sous l'action des rayons bleutés, repoussés de chaque côté d'une route assez large pour permettre à la charrette de passer. Alaka remercie sa bienfaitrice. Elle agrippe les rênes et ordonne :

— Allez, Kirkilu, au galop ! Suis Mignonne !

« Avant qu'il ne soit trop tard... », songe-t-elle avec angoisse.

L'okoma s'engage sur le chemin, Mignonne courant devant lui. Ils traversent la forêt dévastée et s'élancent dans la plaine rocailleuse. Kirkilu semble comprendre le danger qui menace son jeune maître Lioro et file aussi vite que le lui permet son âge. Le soleil de la matinée disparaît parfois derrière d'épais nuages jetant des ombres funestes sur le paysage. Mignonne les précède d'une centaine de mètres et ne ralentit que pour flairer la piste de Kian. Alaka scrute l'horizon à la recherche de silhouettes en mouvement. Mais elle n'aperçoit que des rochers et des herbes hautes, comme si toutes les bêtes s'étaient cachées dans leur repaire pour leur laisser le champ libre.

Une demi-heure passe. Lioro et Kian demeurent introuvables.

Soudain, Mignonne aboie un peu plus loin, et Alaka s'exclame :

— Kirkilu, par là !

L'okoma bondit déjà dans la direction indiquée par sa maîtresse. Une forme bouge au loin. Alaka est incapable de déterminer s'il s'agit de Lioro ou de Kian. Avec Kirkilu qui fonce à toute vitesse, la silhouette se précise enfin : un garçon avance avec des gestes mécaniques, des rayons de lumière accrochés aux rares mèches de cheveux qu'il possède encore.

— C'est Kian! dit la jeune fille.

Au fur et à mesure qu'ils se rapprochent de lui, le champ de force d'Amuleï repousse le sortilège de Mérikir. Sur les traits de Kian, Alaka lit de l'égarement, de la détresse. Il ralentit et s'arrête enfin. Amuleï, métamorphosé en un gros oiseau couleur d'ébène, se pose devant lui, puis Kian s'effondre. La sueur ruisselle sur la moitié de son visage qui n'est pas envahie par la pierre. Il s'est battu de toute son âme contre le maléfice avant d'être emporté.

— Kian!

Alaka saute à terre et se précipite vers son ami. Amuleï ne lui a jamais vu l'air aussi angoissé, aussi anéanti. Elle s'accroupit près du garçon, l'enveloppe de ses bras, presse le marbre contre son cœur. Kian soupire et se laisse bercer par son amie.

— Je suis tellement content que vous soyez là..., réussit-il à articuler.

— C'est Mignonne qui nous a guidés.

— Elle m'a suivie longtemps, avant de rebrousser chemin. Je croyais qu'elle m'avait abandonné...

L'albestia gambade autour d'eux, heureuse d'avoir retrouvé son maître. Kian reste ainsi quelques instants, le temps de reprendre ses esprits.

— Ça va mieux? demande Alaka.

— Oui. Si tu savais à quel point je déteste cette sensation! Celle de perdre le contrôle de mon propre corps, de mon esprit... Le fait de ne plus désirer autre chose au monde que de marcher vers Mérikir... C'est vraiment, vraiment terrible.

— C'est fini maintenant, tout va bien.

Dans le corps de Kian cependant, le marbre a pris de l'expansion, a gagné du terrain. Il a couru le long de son dos, désormais lisse et blanc, et s'est attaqué à son autre épaule. La pierre est ensuite descendue, pour s'arrêter au-dessus du coude. Il s'en est fallu de peu que Kian ne perde complètement l'usage de son second bras.

— Et Lioro ? s'inquiète le garçon.

— Nous ne l'avons pas encore retrouvé, répond Amuleï.

Alaka aide son ami à se remettre debout.

— Viens, dit-elle. Il faut aller plus loin au sud.

Ils ne pensent plus qu'à Lioro, qui est toujours en route vers les Forges.

Kirkilu frémit, le cou tendu. Amuleï et Kian montent dans la charrette, pendant qu'Alaka y prend la couverture dénichée au fond de la fosse. Elle siffle Mignonne.

— Renifle ça, ma belle, et cherche la trace de Lioro...

L'albestia enfouit son museau dans le morceau de tissu et relève la tête. Elle hume l'air. Puis, elle s'élance dans la plaine.

— Va, Mignonne ! crie Alaka en remontant en selle. Nous te suivons !

Remorquée par Kirkilu, la charrette s'ébranle et repart. Durant de longues heures, seuls les rochers et les végétaux desséchés défilent devant le regard d'Alaka. Le soleil a presque atteint son zénith maintenant et leur grille le crâne.

— C'est impossible qu'il ait parcouru une aussi grande distance..., fait remarquer Alaka.

Mignonne se tourne alors vers eux en jappant. Kirkilu accélère le pas. Alaka plisse les yeux en scrutant l'horizon, pleine d'espoir.

— Il est là, je le vois ! C'est Lioro ! fait-elle, rassurée.

Kian pousse un soupir de soulagement. Ils l'ont rattrapé, enfin. Amuleï, toujours sous sa forme d'oiseau, s'envole pour rejoindre son protégé.

Tout comme Kian un peu plus tôt, Lioro retrouve la maîtrise de son corps dès qu'il réintègre le périmètre de protection d'Amuleï. Il ralentit la cadence, ses mouvements se cassent. Puis, il s'immobilise tout à fait. Ses épaules s'affaissent, et il tombe à genoux.

Alaka sent son cœur se serrer et une tristesse incompréhensible la submerger. Pourtant, elle vient de retrouver son frère, et il est vivant.

Une intuition. Elle sait que c'en est une. Elle a peur de ce qu'elle s'apprête à découvrir. Malgré la pâte d'herbes qu'elle a ingurgitée à peine une heure plus tôt, elle a un haut-le-cœur.

— Lioro, ça va ? demande-t-elle en ravalant sa salive, lorsque Kirkilu arrive derrière lui.

Son frère ne répond pas. Il lui tourne toujours le dos. Alaka saute sur le sol et s'avance dans sa direction.

— Non, va-t'en ! la supplie Lioro en se recroque-
villant sur lui-même. Ne m'approche pas !

— Mais...

— Je te dis de me laisser !

Alaka se fige sur place, déroutée. Elle interroge Kian
du regard ; il lui fait signe de reculer. Malgré son trouble,
elle s'exécute et rejoint Amuleï et Kirkilu, en retrait à
quelques pas.

Kian descend de la charrette et marche dans la poussière de la plaine aride. Devinant une présence dans
son dos, Lioro se cabre de nouveau.

— Non, je ne veux pas !

— Calme-toi, Lioro, dit Kian d'une voix rassurante.
Ce n'est que moi.

— Mais je...

Lioro pousse un soupir qui semble le vider. Kian
s'accroupit juste derrière lui.

— Oui, je sais ce que tu ressens... Tu as honte. Tu ne
veux pas que nous voyions ce que tu es devenu. Mais
au fond, Alaka, Amuleï et moi, nous savons bien que
tu n'as pas vraiment changé depuis la nuit dernière...
Tu es toujours ce bon vieux Lioro. Allez, laisse-moi te
regarder...

Il se tourne lentement, très lentement vers Kian,
dévoilant sa nouvelle apparence un centimètre à la fois.
Un peu plus loin, Alaka étouffe un cri de surprise. Elle
plaque sa main sur sa bouche, et les larmes lui montent
aux yeux.

— Voilà, continue Kian. Lève-toi, maintenant. Tout va très bien.

Lioro est méconnaissable. Son torse est engoncé dans un carcan de marbre qui paraît l'étouffer. Ses jambes et ses bras ne sont pas touchés par le mal, mais le visage est gravement atteint. Tout le haut de sa tête semble sculpté ; on croirait qu'il porte un masque. Figés dans la pierre blanche, ses traits autrefois si doux ont pris une dureté, une froideur effrayantes. Son front, égal et poli, luit dans la lumière de midi. Ses mâchoires ont été épargnées, mais ses yeux... Ce ne sont plus que des galets lisses et sans vie.

— Je suis aveugle, Alaka..., dit Lioro d'une voix rauque. Tout est noir devant moi, comme si on m'avait enfermé dans un caveau sans fenêtre... Je... je ne te vois plus...

Alaka s'avance. Elle pleure sans bruit, pour que Lioro ne s'en aperçoive pas. La peur la prend au ventre devant le maléfice qui s'est emparé de son frère. Elle saisit sa main dans la sienne, la caresse du pouce, sans mot dire. Elle ne quitte pas du regard ces doigts de chair, bien vivants. Elle ne trouve pas la force de lever les yeux sur les billes blanches, révulsées, sculptées dans le visage de Lioro.

— Quel malheur..., gémit Amuleï.

L'expression de Kian s'éclaire soudain.

— Mais non, Lioro ! Tu peux encore voir !

Le jeune garçon se tourne vers lui.

143

— Qu'est-ce que tu veux dire ?

— Ton sonar !

Lioro demeure interdit quelques instants. Puis, lorsqu'il comprend tout ce que cela signifie, il explose de joie.

— Je ne peux pas croire que je n'aie pas réalisé ça moi-même ! Kian, tu es un génie, et moi, un imbécile !

Il jubile.

— Je vois ! s'écrie-t-il en plaquant ses paumes de chaque côté de sa tête. La charrette est droit devant, il y a un arbre rachitique derrière moi et une butte rocailleuse sur ma gauche. Alaka, mes yeux sont morts, mais je vois !

Le frère et la sœur se serrent dans les bras l'un de l'autre. Alaka laisse couler ses larmes sans retenue cette fois, tellement elle est soulagée. Lioro se tourne vers Amuleï et le remercie du fond du cœur.

— C'est un cadeau inestimable que tu m'as fait. Nous sommes vraiment chanceux de t'avoir avec nous, Amuleï.

Submergé par l'émotion, ce dernier ne répond rien. Kian vient mettre un terme à toutes ces effusions.

— Allez, retournons au Palais Enchevêtré. Nous sommes tous très fatigués.

Alaka acquiesce. Kirkilu est fourbu d'avoir couru à perdre haleine sur une aussi longue distance, attelé à la lourde charrette de bois. La jeune fille le laisse marcher au pas, aussi leur faut-il près de deux heures avant de voir la forêt de Luria se profiler à l'horizon.

Dans la voiture, les garçons se sont endormis l'un contre l'autre. Alaka les regarde, attendrie, et ne peut s'empêcher de les trouver beaux, malgré leur corps envahi par la pierre.

CHAPITRE 19

Dès que les enfants atteignent le Palais Enchevêtré, en milieu d'après-midi, les silkas les prennent en charge et les conduisent dans une aile épargnée par le séisme. Amuleï insiste pour qu'ils demeurent tous ensemble cette fois, plutôt que d'être dispersés dans plusieurs chambres. On leur attribue donc une grande pièce, dans laquelle on prépare trois matelas. Les serviteurs des Sœurs Vertes portent les garçons, qui dorment comme des bûches, dans leur lit. Épuisée elle aussi, Alaka se laisse tomber sur sa couchette de mousse et sombre dans un profond sommeil. Amuleï quitte ses protégés pour aller informer Pholia des développements. Ce n'est que le soir venu que les deux démons osent réveiller les enfants.

Un silka les suit, chargé d'un plateau de bois garni de fruits et de noix. Il le dépose sur une table basse et laisse sa maîtresse avec ses invités. Ceux-ci viennent la rejoindre et s'agenouillent autour de la table. La vue des collations mises à leur disposition avive leur appétit ; ils n'ont rien avalé depuis la veille.

— Mangez, mes amis, les invite Pholia en agitant ses branches. Vous avez besoin de reprendre des forces après ce que vous avez vécu aujourd'hui. Amuleï m'a raconté. Vous avez été bien chanceux malgré tout.

Les garçons acquiescent avec vigueur. Alaka pousse le bol de noix vers Kian. À cause de son bras pétrifié jusqu'au coude, il ne pouvait l'atteindre.

— Merci, chuchote-t-il, un peu découragé.

Alaka prend la parole.

— Amuleï, Dame Pholia, je me pose une question...

— Nous t'écoutons.

— Comment se fait-il que le maléfice se soit attaqué à des parties du corps différentes chez Lioro et Kian ?

Amuleï regarde sa sœur ; d'un geste de la branche, elle l'invite à répondre.

— C'est par facilité qu'il agit ainsi.

— Par facilité ? répète Alaka sans comprendre.

Amuleï hoche la tête.

— Mérikir en a fait sa marque de commerce : sa magie s'en prend d'abord aux points faibles de ses adversaires.

Pholia intervient.

— C'est pour cette raison sans doute que, dans sa quête de pouvoir, il a commencé par assiéger Klorian.

Je l'avoue en toute humilité : notre domaine, à Radixa et à moi, est le plus vulnérable de Posséteira.

— Pourquoi dites-vous cela ? demande Kian.

— Parce que la santé de Klorian est tributaire du bon vouloir de nos voisins, explique Pholia. Nous souhaitons que la froidure de Nivia ne descende pas trop des montagnes pour freiner la croissance des plantes, et que l'humidité de Mara nourrisse les rivières qui les abreuvent. Mais surtout, nous avons besoin de la terre riche en minéraux de Litheira. Sans elle, nous nous mourons.

Les pupilias qui parsèment la ramure de la Dame Verte ferment toutes les yeux, perturbées par ces paroles. Pholia laisse ployer ses branches jusqu'au sol, écrasée par un poids invisible. Amuleï prend le relais.

— Mérikir tire parti de la fragilité de ses victimes. Son sortilège obéit à cette logique : il vise d'abord les organes les plus faibles. Chez Lioro, les yeux ont été les premiers à succomber parce que...

— ... je peux très bien m'en passer, termine celui-ci.

Kian approuve d'un mouvement du chef.

— Il est vrai que je n'ai jamais été habile de mes mains..., confie-t-il. Si j'ai choisi de devenir guérisseur plutôt que chasseur, comme les autres hommes du village, ce n'est pas seulement à cause de ma grand-mère, mais aussi parce que je suis trop maladroit pour manier une arme.

Alaka comprend mieux. Mais un autre sujet la préoccupe.

— À cause de l'incident de cette nuit, nous avons perdu toute une journée. Quand reprendrons-nous notre voyage ?

— Inutile de nous attarder ici plus longtemps ; nous partirons demain à l'aube, décide Amuleï.

— Litheira est encore loin ?

— Nous devrions toucher ses terres dans trois jours. Les Forges sont situées non loin de la frontière ; après l'avoir traversée, il nous faudra une ou deux journées supplémentaires pour y arriver.

C'est au tour de Kian de le questionner.

— Et une fois là-bas, comment nous y prendrons-nous pour obliger Mérikir à libérer les habitants de Klorian de son maléfice ? Les Sœurs Vertes nous ont remis de merveilleux cadeaux...

Disant cela, il s'incline vers Pholia.

— ... mais je me demande si ça suffira à le convaincre.

Amuleï lève le menton d'un geste résolu.

— Je devrai l'affronter. C'est la seule manière de le faire plier.

— Mais il te manque toujours des particules ! se désespère Alaka.

— Oui. Si je veux pouvoir me mesurer à mon frère, il faudra que je les récupère.

CHAPITRE 20

Alaka, Lioro, Kian et Amuleï sont rassemblés là où débute la route tracée la veille par Pholia à travers les décombres de la forêt. Dans le ciel délavé, les premiers rayons du jour apparaissent et auréolent la végétation de Luria de paillettes scintillantes.

Alaka a laissé son vieux bâton dans la charrette et, pour l'avoir à portée de main en cas de danger, a fixé le nouveau en bandoulière dans son dos. Lioro ne prend pas plus de risque et porte son fouet à sa ceinture. Quant à Kian, il a suspendu à son cou la pochette de pommade.

Le silka que Pholia a offert à Amuleï a pris place dans la voiture en compagnie de Mignonne. Inspirée par celle-ci, l'étrange créature a choisi l'apparence d'une albestia.

La Dame Verte se tient debout devant les ruines de son palais.

— Je vous souhaite la meilleure des chances à Litheira, mes amis. Sachez que Radixa et moi serons de tout cœur avec vous.

— Merci, dit Amuleï.

— Et je vous en prie, libérez Klorian du joug de Mérikir. Nous vous en serions éternellement reconnaissantes.

— Nous mettrons tout en œuvre pour y parvenir. Et maintenant, en route !

Amuleï saute dans la charrette avec Alaka et Kian, tandis que Lioro grimpe sur la selle de Kirkilu. L'okoma se met en branle. Pholia agite ses branches alourdies par les pupilias dans leur direction, en signe d'adieu. Au fur et à mesure qu'ils s'éloignent, le Palais Enchevêtré s'estompe derrière eux, jusqu'à n'être plus discernable dans le vert foisonnement de la forêt.

Bientôt, ils quittent le fouillis d'arbres déracinés. Ils débouchent dans la plaine sèche où Alaka a retrouvé Lioro et Kian, là où chacun a perdu une partie de son humanité.

Deux jours passent à cheminer vers le sud. Plus ils approchent du domaine de pierre, plus les terres, oppressées par la chaleur, se dénudent. Les plantes ont toutes disparu, les bêtes aussi. La dernière qu'ils aperçoivent sur la route est un édamia, ce quadrupède à l'échine recouverte de piquants dont le silka qui les accompagne a déjà pris la forme. Il gît sur le flanc, les pattes raides, sa langue indigo pendant hors de sa gueule. La dépouille est encore fraîche. Mignonne saute en bas de la charrette et se jette dessus pour lui arracher quelques morceaux de chair. Lioro immobilise Kirkilu et le libère de son harnais. Les deux carnivores se partagent la viande. Les prises de chasse se font rares depuis leur départ de Luria. Il vaut mieux laisser l'albestia et l'okoma faire des provisions en vue du jeûne qui les attend.

— Les animaux ne survivent donc pas à la chaleur de Litheira, Amuleï ? questionne Alaka en observant Mignonne et Kirkilu nettoyer la carcasse.

— Si, mais contrairement à ce pauvre édamia, les bêtes qui peuplent le désert y sont adaptées. Elles ne sortent qu'une fois la nuit tombée. Dès que la pénombre chasse le soleil brûlant, elles se glissent hors de leur tanière et profitent de la fraîcheur pour chercher de quoi se nourrir. À propos, je crois qu'il serait plus prudent pour nous de voyager de nuit, lorsque nous aurons quitté Klorian. Endormis, nous ferions des proies trop faciles pour les prédateurs nocturnes. De toute façon, Lioro n'a pas besoin de la clarté pour conduire Kirkilu jusqu'aux Forges.

C'est au début de l'après-midi du troisième jour qu'ils atteignent les limites de Klorian. Monté sur l'okoma, Lioro porte une main à sa tempe. Il est incapable d'interpréter une information révélée par son sonar.

— La configuration du terrain change, par là-bas, et prend un relief étrange... De petits monticules le parsèment. Tu sais de quoi il s'agit ? demande-t-il à Amuleï.

Celui-ci s'approche de Lioro.

— C'est un champ de lave : la frontière de Litheira. Je ne la vois pas encore d'ici. Elle vient d'entrer dans ton périmètre de détection ?

— Oui.

— Ça veut donc dire qu'elle est à moins d'un kilomètre. Excellent.

Amuleï se retourne vers la charrette :

— Alaka, Kian, nous arriverons bientôt à la frontière !

— Ah ! s'exclame la jeune fille en se redressant. Enfin !

Kian et elle s'installent à l'avant de la voiture pour scruter l'horizon. Il leur faut un bon moment avant d'apercevoir quelque chose. D'abord, ils discernent une forme floue qui leur semble être une petite cabane.

— C'est un poste-frontière, explique Amuleï.

Puis apparaît un long ruban noir, encadré à l'est et à l'ouest par deux volcans. L'air au-dessus du champ de lave est embrouillé, frémissant, surchauffé. De-ci, de-là, des jets de fumée fusent, imprévisibles. Lorsqu'ils en sont assez près, Alaka et Kian constatent que le sol est recouvert d'une spectaculaire nappe de magma figé. Un refroidissement soudain a interrompu le mouvement des vagues de lave, qui, de loin, paraissent toujours animées. En résulte une surface à la fois gonflée et plissée, dont les craquelures ressemblent à s'y méprendre à celles du bois carbonisé.

— C'est impressionnant..., souffle Kian à l'oreille de son amie. Et, je dois l'avouer, plutôt inquiétant...

— Je suis bien d'accord avec toi. On dirait que les coulées de lave vont nous emporter et nous consumer...

Elle frissonne.

— Dis, tu en vois la fin ?

— Non, répond Kian. Peut-être que le domaine de Litheira est comme ça en entier.

— En fait, le champ de lave ne fait pas plus d'un kilomètre de large, les renseigne Amuleï. Après, nous retrouverons les mêmes étendues arides et poussiéreuses qui ont envahi Klorian. Encore faut-il réussir à le traverser : connaissant Mérikir, il y a fort à parier que les visiteurs ne sont plus accueillis aussi amicalement à Litheira que du temps où nous partagions le pouvoir des Forges. Nous devrons nous montrer très prudents.

— Voilà qui est rassurant, ronchonne Lioro.

Amuleï se tourne vers lui, l'air grave.

— Attends-toi à bien pire que ça. Lorsque Mérikir saura que je suis toujours vivant, il nous en fera voir de toutes les couleurs. Nous ne lui rendons pas une visite de courtoisie : c'est une véritable déclaration de guerre.

Lioro se ressaisit.

— Oui, Amuleï. Je sais tout ça. Pardonne-moi.

— Je veux seulement que vous en soyez conscients. À partir de maintenant, ça va se corser. Vous vous sentez prêts à affronter le danger ?

Alaka et Kian acquiescent. Lioro porte la main à son fouet.

— N'oubliez pas que si nous sommes ici, c'est pour libérer vos parents, ainsi que tous les habitants de Klorian, ajoute Amuleï.

Il tourne la tête vers le champ de lave.

— Faisons une pause.

Lioro tire sur les rênes, et Kirkilu s'immobilise. Ils ne se trouvent plus qu'à une trentaine de mètres de la première vague noire, venue s'échouer sur la terre jaunâtre. Amuleï scrute le ciel. Le soleil a quitté le zénith depuis un bon moment déjà ; d'après sa position, il doit être environ quinze heures.

— Nous allons nous reposer un peu, manger et essayer de dormir. Dès qu'il fera nuit, nous franchirons la frontière. De toute façon, impossible de traverser maintenant : la noirceur du magma pétrifié emprisonne la chaleur du jour. Pour Kirkilu, ce serait comme de marcher sur des charbons ardents.

Alaka et Kian descendent de la charrette. Le silka les suit avec le sac de provisions. Ils laissent Mignonne dormir au fond de la voiture.

La porte de la cabane est restée grande ouverte. Alaka y entre. L'endroit est vide, bien sûr ; les gardes-frontières ont été les premiers à répondre au sortilège de Mérikir. Kian, Lioro et Amuleï rejoignent leur amie afin de se protéger du soleil. Une table bancale trône au centre de la pièce, entourée de quatre chaises de bois. Ils s'y asseyent. Le silka sert aux enfants une ration des boulettes de feuilles marinées que leur a offertes Pholia pour la route.

Ils mangent en échangeant quelques phrases soucieuses. Ils contemplent le champ de lave à travers les carreaux sales de la fenêtre. Amuleï garde le silence. Il ressent plus fort que jamais l'appel de ses particules perdues.

CHAPITRE 21

À la nuit tombée, le groupe entreprend la traversée du champ de lave.

— Prenez des linges et enveloppez-en les pattes de Kirkilu, recommande Amuleï aux enfants. Le terrain est miné de geysers et de fumerolles.

Accroupie près de l'okoma, Alaka demande :

— Qu'est-ce que c'est, des fumerolles ?

— On en aperçoit quelques-unes d'ici. Regarde.

Amuleï montre de petits nuages de fumée qui s'élèvent du sol, blanchâtres dans la lumière de la lune.

— Ce sont des jets de vapeur qui s'échappent des terres volcaniques. Ils peuvent être chargés de particules toxiques, d'acides ou de métaux à l'état gazeux, comme du mercure. Je vais guider Kirkilu et essayer de les éviter ; mais parfois, elles jaillissent sans prévenir, comme les geysers. Il ne faut surtout pas en respirer les émanations. Vous devriez nouer des foulards sur votre visage.

— Compris, acquiesce Alaka.

Kian et elle terminent d'emmailloter les pattes de Kirkilu et de lui couvrir le museau, puis ils regagnent la boîte de bois de la charrette. Ils fouillent dans leurs sacs pour trouver de quoi se prémunir tous les deux, ainsi que Mignonne et le silka, contre les gaz des fumerolles. Lioro tire un mouchoir de sa poche et le plaque sur son nez et sa bouche. Quant à Amuleï, il éparpille ses particules avant de les réorganiser : il prend la forme d'un serpent charnu qui rampe jusqu'en bordure du champ de lave.

— Amuleï, as-tu besoin de te protéger aussi contre la fumée toxique ? s'enquiert Alaka d'une voix étouffée par la pièce d'étoffe qu'elle a enroulée autour de sa tête.

Elle lui tend un fichu.

— Non. Les vapeurs ne contiennent que des éléments dont je suis constitué, de toute façon. Allez, Lioro, suis-moi.

En ondulant, Amuleï s'engage sur la couche de magma pétrifié. Le contact de son long ventre avec le sol lui permet de sentir les mouvements souterrains et de les anticiper.

Il oblique vers la droite pour contourner un point imaginaire.

— Il y a un geyser qui bout là-dessous, commente-t-il.

Quelques pas derrière lui, Lioro fait dévier Kirkilu afin qu'il évite le danger. Amuleï poursuit son chemin, guettant la moindre vibration, le plus léger tremblement.

Au loin, une colonne d'eau brûlante jaillit soudain de la terre dans un grand « fffssshhh ». Elle monte jusqu'à quinze mètres dans le ciel nocturne et retombe sur elle-même. Le nuage de vapeur qu'elle a laissé en disparaissant dérive vers l'est, emporté par le souffle chaud de l'air.

Le groupe passe près d'une cheminée bosselée, de laquelle s'échappe un filet de fumée. Amuleï a pris la précaution de l'esquiver par la droite, là d'où vient le vent. Ainsi, ils ne risquent pas d'en respirer les émanations. Alaka et Kian, le visage à moitié caché derrière leur foulard, observent la fumerolle.

— Qu'est-ce que c'est que cette mousse jaune, tout autour de l'orifice, Amuleï ? demande Alaka.

— Des dépôts de soufre. C'est le signe de la température très élevée des gaz et d'une activité volcanique intense.

Il leur faut une trentaine de minutes pour traverser le champ de lave. Grâce à Amuleï, ils parviennent indemnes de l'autre côté. Lorsque Kirkilu pose enfin les pattes sur le même roc recouvert de gravier que celui qu'ils ont laissé derrière eux à Klorian, Alaka, Kian et Lioro ne peuvent s'empêcher de pousser un soupir de soulagement.

— On a réussi, se réjouit Lioro, en tapotant le crâne de Kirkilu. Tu as très bien fait ça, mon vieux.

Cependant, quelque chose tracasse Amuleï. Il disperse ses particules et les laisse planer dans l'air avant de se matérialiser de nouveau, cette fois sous la forme d'un berkan. Alaka vient confirmer ses craintes.

— Je dois vous prévenir que je commence à avoir un peu mal au cœur..., avoue-t-elle en déglutissant avec effort.

Kian ouvre la pochette de pommade à son cou.

— Éloignons-nous de la frontière, ordonne Amuleï. Nous serons plus en sécurité dans les terres.

Kian a à peine le temps de déposer une petite boulette de pâte dans la paume d'Alaka que la catastrophe se produit : l'un des volcans se met à cracher un panache de fumée, et un liquide orangé éclabousse le ciel.

— Une éruption ! prévient Amuleï.

Le volcan est à un bon kilomètre, mais la lave incandescente, très fluide, s'écoule à toute vitesse le long de ses flancs. Elle semble intarissable. Elle se déverse dans le champ noir et, comme douée de conscience, s'étire en un mince filet vers l'endroit où se tiennent Alaka, Kian, Lioro et Kirkilu. Amuleï s'est déjà écarté.

— Venez ! Elle arrive sur nous !

Lioro fait claquer les rênes de sa monture, et Kirkilu emboîte le pas au berkan.

— La lave nous suit ! remarque Kian du fond de la charrette. On dirait qu'elle est vivante !

— C'est tout comme, répond Amuleï par-dessus son épaule, sans cesser de courir. Elle est la manifestation de la volonté de Mérikir. Il nous a vus.

— Il t'a reconnu ? fait Lioro, paniqué.

— La pierre l'a informé que des intrus viennent de pénétrer sur son territoire, mais c'est comme pour ton sonar : il ne peut déterminer avec précision de qui il s'agit. La pâte d'herbes a soulagé le mal de cœur d'Alaka. Elle saisit le bras valide de Kian et désigne la traînée de magma, qui paraît les poursuivre.

— La lave gagne du terrain !

Amuleï s'arrête.

— Continuez sans moi ! Mais ne dépassez surtout pas le prochain rocher, sinon vous quitterez mon champ de protection !

— D'accord ! dit Lioro en le doublant à toute allure.

Sous sa forme de berkan à la robe sombre, Amuleï se dresse sur ses pattes arrière. Il tend ses doigts griffus devant lui, regarde la ligne de lave qui serpente dans sa direction, bouillonnante, et baisse les bras d'un coup sec. Entre les deux adversaires, la terre se soulève. Des éclats de roche volent en tous sens. Un muret de trois mètres de hauteur émerge du sol, qui craque sous la pression. La pierre en fusion vient s'écraser dessus et gicle sur les côtés. Elle reflue vers le champ de lave.

Les contours d'Amuleï se brouillent. Il se métamorphose en un petit nokéro et rejoint ses amis à pas lents.

— Voilà..., annonce-t-il, fatigué par ses efforts. Nous devrions être tranquilles pour quelque temps.

Alaka descend de la voiture et se penche vers lui, l'air préoccupé.

— Toi, ça va aller ?

— Ça m'a drainé toute mon énergie... Il y avait long-temps que je n'avais demandé à la pierre de m'obéir. J'ai perdu l'habitude. Je vais me reposer un peu et guider Lioro depuis la charrette.

Alaka le prend dans ses bras. Elle le porte jusque dans la grande boîte de bois et le dépose entre Kian et elle. Kirkilu se remet en marche. Amuleï, lui, relève la tête avec effort.

— À partir de maintenant, il faudra faire attention à ne pas baisser notre garde : Mérikir voudra à tout prix se débarrasser de ces visiteurs indésirables qui sont parvenus à percer la défense de sa frontière. Lioro, ton sonar nous sera des plus utiles. Quant à toi, Alaka...

La jeune fille l'interrompt.

— Amuleï... Une... une autre catastrophe s'en vient.

Prise d'une subite nausée, elle se penche par-dessus le bord de la voiture et rend tout ce qu'elle a dans l'estomac. Kian l'aide à se redresser, et elle ajoute, en prononçant avec difficulté :

— Une catastrophe assez... importante pour me rendre malade..., malgré la dose de pâte d'herbes que je viens... de prendre.

CHAPITRE 22

— Tiens, dit Kian, agenouillé près d'Alaka. Espérons
que tu pourras garder celle-là.

Il lui offre une nouvelle boule de pommade, grosse
comme un pois. La jeune fille retient un haut-le-cœur
et se force à l'avaler. Kian l'aide à s'allonger sur les
planches sales de la charrette, et Mignonne vient se
lover contre elle en gémissant. Le silka, un peu faible
depuis qu'ils ont quitté Klorian, est couché dans un
coin sous la bâche, son petit corps de nokéro roulé en
boule.

Pour éviter d'accentuer le malaise d'Alaka, Lioro a
immobilisé la voiture. Cependant, il reste en selle ; la
bride à la main, il se tient prêt à repartir à la moindre
alerte. Concentré, il sonde les environs et fait son
rapport à Amuleï.

— Rien à signaler, tout est calme.

— Reste aux aguets. Un autre drame va se produire, nous ne savons seulement pas quand.

Lioro hoche la tête. Avec son sonar, il inspecte encore une fois les alentours. Amuleï a collé son oreille sur le sol et écoute avec attention les mouvements souterrains.

À Litheira, un désastre ne peut venir que de sous le roc.

Une vingtaine de minutes passent, peut-être plus. Grâce aux bons soins de Kian et à la pâte d'herbes de Pholia, Alaka a cessé de vomir. En s'appuyant sur son ami, elle parvient même à s'asseoir. Cependant, des gouttelettes de transpiration coulent toujours sur ses tempes, et elle tremble.

— Ça va mieux ? demande Kian en tendant la main vers le front moite de la jeune fille pour repousser une longue mèche de cheveux, mouillée de sueur.

— Un peu. Mais j'ai peur.

Soudain, Amuleï se relève d'un bond.

— Ça s'en vient ! crie-t-il. Lioro, on doit partir sur-le-champ !

Mais le garçon n'a pas le temps d'ordonner à Kirkilu de se mettre en marche. Une secousse fait vibrer la charrette. Alaka et Kian se regardent, et l'okoma pousse un grognement, ses oreilles pivotant en tous sens. Puis, un deuxième choc survient, plus fort. Alaka se tourne vers son frère.

— Lioro, qu'est-ce qui se passe ?

— Je ne sais pas ! D'après mon sonar, le sol tremble partout dans un rayon de cinq cents mètres. Mais impossible d'en déterminer la cause !

— Un tremblement de terre ? avance Kian.

Amuleï s'accroche au panneau de bois qui vacille.

— Non... Mérikir nous envoie ses kiakals !

Un craquement assourdissant retentit. Soumis à une pression inouïe, le plateau rocheux sur lequel ils se tiennent cède. Il se fend à plusieurs endroits autour d'eux. Kirkilu se cabre, et Lioro, désarçonné, tombe par terre. Des silhouettes jaillissent des trous par dizaines. Leurs affreux glapissements résonnent dans la nuit. Mignonne gronde en retour. Le clair de lune permet aux enfants d'apercevoir les grands corps maigres des kiakals, avec leurs oreilles enroulées sur elles-mêmes. Lioro libère en vitesse Kirkilu de son harnais, pour qu'il soit en mesure de se défendre. Puis, il grimpe dans la charrette et tire son fouet de sa ceinture.

— Elles sont dangereuses, ces bestioles ? demande-t-il, en évaluant leur nombre à l'aide de son sonar.

Maintenant que les créatures se sont extirpées du sol, il est en mesure de les détecter.

— Extrêmement dangereuses, confirme Amuleï. Ce sont les pires prédateurs du domaine. Mérikir en a fait ses chiens de garde et les affame pour les rendre plus féroces. Lioro, Alaka, prenez vos armes et frappez-les sans pitié !

— C'est inutile, réplique Lioro. Je maîtrise la situation. Bouchez-vous les oreilles, je vais utiliser ma note qui rend fou. Faites vite, avant qu'ils se décident à attaquer !

Kian fouille dans sa sacoche, et en sort une grosse boule de mousse végétale. Il la rompt en deux parts et en lance une à Alaka. Ils se dépêchent d'en enfoncer des morceaux dans les oreilles de Mignonne, de Kirkilu, du silka, puis dans les leurs. En quelques secondes, tout le monde est protégé.

Autour d'eux, les kiakals approchent lentement et les encerclent. Ils montrent les crocs, le poil hérissé sur le dos.

— Nous sommes prêts ! dit Kian.

— D'accord. Maintenant, criez de toutes vos forces pour être certains de ne pas m'entendre ! ordonne Lioro.

Alaka et Kian se mettent à hurler derrière lui. Lioro ouvre à son tour la bouche. Sa voix monte dans la nuit, de plus en plus aiguë, jusqu'à atteindre la redoutable note qui a déjà réussi à détraquer l'esprit d'un berkan.

Déstabilisés par le tintamarre inattendu de leurs proies, les kiakals ont un sursaut de surprise. Ensuite, ce sont les effets du cri de Lioro qui commencent à se faire sentir. L'une après l'autre, les bêtes perdent contenance. Elles courent en tous sens, frottent leur museau entre leurs pattes et se roulent dans la poussière. Toute la meute est désorganisée. Quelques-unes des bêtes se jettent sur leurs congénères et leur arrachent une oreille ou des touffes de poils. Puis, pris d'une brusque envie, elles plongent dans les crevasses d'où elles ont jailli un peu plus tôt, ou déguerpissent en zigzaguant vers l'horizon. Elles ont complètement oublié leur intention d'attaquer.

Lioro s'interrompt. Il tape du pied au fond de la charrette, mécontent.

— Il y en a qui résistent !

Les plus gros spécimens, cinq ou six d'entre eux, après avoir secoué leur fine tête aux étranges oreilles, parviennent à reprendre l'avantage. Ils bondissent par-dessus leurs frères détraqués et continuent d'avancer vers la voiture en grognant. Lioro pousse son cri une nouvelle fois.

— Ça ne fonctionne pas ! déclare-t-il enfin, furieux. Ceux-là ne veulent rien entendre !

Voyant que Lioro leur fait signe, Kian enlève la boule de mousse de son oreille.

— Ce n'est pas infaillible ?

— Nous affrontons les chiens de garde de Mérikir, leur rappelle Amuleï. Ce ne sont pas des créatures ordinaires.

Lioro se prend la tête.

— Alaka !

Elle a déjà retiré ses bouchons.

— Quoi ?

— Je sais que tu ne te sens pas bien, mais j'ai besoin de ton aide... Je n'y arrive pas !

La jeune fille se lève de peine et de misère en s'appuyant sur la branche de Pholia. Elle répond, la langue pâteuse :

— Ça va, la pommade a atténué mes symptômes. Je vais leur briser le crâne, à ces horribles créatures.

Elle empoigne son arme à deux mains et se campe sur ses jambes. Lioro se plaque dans son dos en brandissant son fouet. Amuleï s'est déjà jeté sur les kiakals, cinglant leur visage de ses innombrables particules. Mais le coup du muret a épuisé ses forces, et il ne réussit à faire reculer l'ennemi que pour très peu de temps.

L'une des bêtes saute à la tête de Kirkilu, qui parvient à la repousser avec sa patte. Le kiakal se relève, encore plus enragé, et bondit sur le dos de son adversaire, toutes griffes dehors.

D'un bon coup de pied, Kian en refoule un qui tente de se hisser dans la voiture. Mignonne échange des coups de dents avec un autre.

— Remettez vos bouchons, je vais essayer encore ! décide Lioro. Alaka, aide-moi à les éloigner avec ton bâton !

Les kiakals vacillent un instant sous le nouvel assaut du cri de Lioro, mais se remettent rapidement. Leurs jappements déchirent la nuit comme ils attaquent. Deux d'entre eux sautent dans la charrette, leurs babines retroussées sur d'énormes crocs. Alaka et son frère atteignent chacun une bête, avec leur arme respective. Elles retombent sur le sol, à peine décontenancées.

La note qui rend fou perce finalement les défenses d'un autre kiakal, qui trébuche et s'effondre devant Kirkilu. L'okoma se hâte de le saisir par la nuque dans sa gueule et de l'envoyer au loin. De son côté, Amuleï y va d'une autre tactique, en espérant arriver à de meilleurs résultats : ses particules se réorganisent en quatre pics rocheux sur son front, comme des cornes. En chargeant l'un de leurs assaillants, il lui crève les yeux. L'animal s'enfuit dans la plaine en hurlant.

Kirkilu donne quelques coups de griffes dans la mêlée, mais, à cause de son âge avancé, il commence à se fatiguer. Ses gestes se font plus faibles, plus lents, et l'adversaire en profite. Un kiakal se sert de sa tête comme d'un tremplin pour se projeter dans la charrette.

— Kian ! crie Alaka.

L'animal renverse le garçon. Une volée de cailloux s'abat au fond de la charrette : la créature vient de pulvériser son bras de marbre jusqu'à l'épaule.

Alaka se jette sur le kiakal avant qu'il n'arrache la tête de son ami d'un coup de gueule. Elle lui enfonce son bâton dans les côtes. La bête pique une tête en bas de la voiture et rampe un peu plus loin en gémissant, une patte cassée.

Soudain, un énorme spécimen apparaît derrière Lioro. Le plus gros de la meute, le chef, sans doute. Il est presque aussi massif que Kirkilu.

Alaka, galvanisée, bondit à la rencontre de la bête pour protéger son frère. Son bâton vole dans sa main.

D'un geste sûr, elle vise le dessous de la large oreille froissée du kiakal.

Mais il a vu venir le coup. Il baisse la tête, et l'arme de la jeune fille fend l'air. Il en profite pour lui assener un violent coup de patte sur la tempe. Elle bascule hors de la charrette et roule dans les graviers, inconsciente.

— Alaka !

Lioro agite l'extrémité de son fouet dans la direction du grand kiakal qui vient d'attaquer sa sœur. La lanière végétale s'enroule autour du cou de l'animal. Le garçon tire de toutes ses forces, mais il ne fait pas le poids. Le voyant en mauvaise posture, Kian se précipite pour l'aider. La bête suffoque, les yeux révulsés. Lioro fait entendre de nouveau sa terrible note. Affaibli par le manque d'air, l'esprit du kiakal finit par succomber aux effets du cri.

Il n'en reste plus qu'un.

Lioro essaie de le tenir à distance en faisant claquer son fouet dans les airs. Il est épuisé. Kirkilu est étendu au sol, et Mignonne lèche ses plaies en geignant.

Amuleï a alors une idée. Il gonfle son corps, éloignant les unes des autres toutes les particules qui le composent. Un épais nuage noir prend sa place, lourd de poussière. Kian lui jette un regard perplexe, et le voit fondre sur le kiakal. Comme de la fumée, Amuleï pénètre dans sa gueule, dans ses narines, obstruant le passage de l'oxygène. L'animal tousse, crachote, étouffe. Il se convulse sur le sol, cherchant son souffle. Ce n'est que lorsqu'il cesse enfin de bouger qu'Amuleï se retire et reprend sa forme anodine de petit rongeur à écailles. Leur dernier assaillant est mort. Autour de la charrette, les créatures de Mérikir gisent, asphyxiées, assommées, ou le cerveau trop déréglé pour se rappeler comment tenir sur leurs pattes. Parmi les grands corps efflanqués, celui d'Alaka, minuscule, détonne sous la pâle lueur de la lune.

CHAPITRE 23

— Alaka ! appellent Lioro et Kian en sautant en bas de la charrette.

Ils se précipitent vers la jeune fille. Elle est allongée sur le sol, la bouche entrouverte. Des écorchures lui couvrent le visage et les bras.

— Elle... elle est vivante ? demande Lioro, qui n'ose pas vérifier par lui-même.

Kian palpe le cou de son amie.

— Oui...

Lioro pousse un soupir de soulagement en apprenant cette bonne nouvelle.

— Mais son pouls est désordonné et très rapide, poursuit Kian. C'est mauvais signe.

— J'espère qu'elle n'a rien de cassé, dit Amuleï.

Kian tâte d'une main experte chacun des membres d'Alaka.

— Ça semble aller. Aidez-moi à l'étendre dans la charrette.

À eux trois, ils soulèvent la jeune fille avec précaution et l'installent au fond de la voiture, la tête appuyée sur l'un des sacs de voyage.

Amuleï tressaille.

— Oh non...

Les garçons se tournent vers lui.

— Quoi ?

— Qu'est-ce qu'il y a, Amuleï ?

— Son oreille gauche...

Kian s'agenouille près d'Alaka et examine le côté de sa tête.

— Le bouchon..., dit-il d'une voix blanche. Elle l'a perdu !

À quelques mètres de l'endroit où ils ont trouvé Alaka, une boule de mousse verdâtre traîne dans le sable. L'un des kiakals bondit dessus. Il folâtre avec elle, comme le ferait un chaton avec une balle. Lioro est pétrifié. Amuleï pivote vers lui.

— As-tu utilisé ta note qui rend fou après la chute d'Alaka ?

Le garçon est incapable de prononcer le moindre mot.

— Lioro !

Les mains posées sur les cuisses, il baisse la tête. Kian répond à sa place.

— Oui, il l'a fait... pour se débarrasser du kiakal qui s'était attaqué à Alaka.

Lioro retient un sanglot. Kian pose sa main dans son dos en un geste de réconfort.

Amuleï se penche au-dessus de l'oreille nue de la jeune fille et chuchote :

— Alaka... ma petite Alaka... tu m'entends ? C'est moi, Amuleï. Réveille-toi, je t'en prie...

La jeune fille n'a pas la moindre réaction.

Amuleï soupire. Mais il s'en fait aussi pour Kian.

— Comment va ton bras ?

Là où se trouvait le membre pétrifié un peu plus tôt, il n'y a plus rien. Une cassure franche l'a sectionné au niveau de l'épaule.

— Pour ce que ça change..., répond Kian d'une voix lasse. De toute façon, il était encombrant.

Du bout du pied, il repousse quelques gravats blancs, qui traînent au fond de la voiture. Puis, il saute en bas et se dirige vers Kirkilu. Celui-ci a la croupe couverte de lacérations, mais il réussit à se mettre debout lorsque Kian le lui demande. Le garçon applique une couche de baume sur les plaies de l'okoma et pose une couverture par-dessus, pour que le frottement des cordes du harnais n'avive pas sa douleur.

Lioro vient le rejoindre. Il attelle Kirkilu à la voiture de bois. Ses gestes sont saccadés, nerveux.

— Qu'est-ce que tu fais ? lui demande Kian.

— Il faut que nous partions.

— Mais ça va, les kiakals sont tous hors d'état de nuire. Retourne auprès de ta sœur. Lorsqu'elle se réveillera, elle...

— Je n'aime pas ça, l'interrompt Lioro. Je n'ai pas vu ces saletés de bestioles arriver avec mon sonar. N'importe quelle autre créature peut nous surprendre en jaillissant du sol. Alaka ne va pas bien, il faut la mettre en sûreté.

— Mais où veux-tu qu'on aille ? Le danger est partout.

Lioro hausse les épaules. Amuleï propose :

— Il y a, à quelques kilomètres d'ici, un plateau rocheux si dur que même le plus puissant des kiakals ne pourrait le percer. C'est l'une des splendeurs de Litheira. Nous l'appelons le miroir de diamant.

— C'est dans quelle direction ? demande Lioro.

— Vers l'ouest. Ça nous éloignera des Forges, mais actuellement, ce n'est pas le plus important.

Après s'être assuré qu'Alaka est assez bien installée pour supporter la route, Lioro s'assied avec précaution sur le dos de Kirkilu. Amuleï se perche sur son épaule pour le guider. Les kiakals fous qui ne se sont pas enfuis gênent l'okoma en batifolant entre ses pattes. Il feule après eux pour s'en débarrasser. Les premières lueurs du soleil enflamment l'horizon et donnent au paysage un air sinistre, avec ses silhouettes en clair-obscur. Alors que la charrette s'ébranle, Kian contemple le domaine de Mérikir, la main inerte de son amie serrée dans la sienne.

Une heure plus tard, le miroir de diamant scintille sous leurs yeux. De modeste superficie, le plateau lisse comme du verre est enclavé entre des rochers de granit d'un rose saumoné.

— C'est magnifique, dit Kian. Alaka va adorer...

— Si elle finit par ouvrir les yeux.

Kian se tourne vers Amuleï et déclare d'un ton sans réplique :

— Elle se réveillera.

Lioro détache le harnais de Kirkilu. Le vieil okoma est épuisé et mérite quelques heures de repos. Son maître lui caresse le dessus du crâne pour l'inciter à dormir. Amuleï observe Lioro à la dérobée. Il semble complètement défait. Sa bouche est crispée, comme s'il se retenait de pleurer. Il reste là, à flatter la tête de Kirkilu, n'osant pas s'approcher de la charrette où est allongée Alaka.

Un petit gémissement le fait sursauter.

— Oh! fait Kian. Alaka revient à elle!

Il se penche au-dessus de la jeune fille, fébrile et anxieux. Il presse ses doigts plus fort, comme pour l'encourager à émerger des limbes. Lioro grimpe dans la charrette, mais demeure en retrait. Il a peur pour sa sœur.

Les paupières d'Alaka frémissent, puis se soulèvent enfin. Kian se compose un visage rassurant, qu'elle ne voit pas tout de suite. Elle contemple le bleu éclatant du ciel au-dessus d'elle, fascinée.

— Alaka..., commence Kian.

Ce n'est que là qu'elle tourne la tête vers lui. En l'apercevant, elle pousse un cri suraigu.

— Aaah! Un monstre!

Elle s'écarte d'un mouvement brusque et montre le garçon du doigt, en tremblant de tous ses membres. Le sourire bienveillant de Kian se disloque.

— Un monstre ? répète-t-il.

Il passe sa main sur sa joue de marbre. Alaka regarde sous la bâche chiffonnée dans un coin de la voiture, pour s'assurer que d'autres créatures effrayantes n'y sont pas cachées. Elle parle toute seule, débitant des paroles incohérentes.

— Oh non... Elle a succombé aux effets de la note qui rend fou ! s'afflige Amuleï.

Lioro se mord la lèvre, les poings serrés. Le démon s'approche de lui.

— Ce n'est pas ta faute. C'est un accident.

— Je... je sais...

— Allez, tu es sans doute le seul qui pourra la rassurer.

Dans son délire, Alaka finit par remarquer son frère.

— Quelle horreur ! Celui-là n'a pas d'yeux !

L'épouvante et la répulsion dans sa voix brisent le cœur de Lioro.

— Alaka..., dit-il d'une voix très douce, pour ne pas l'effrayer davantage. Tu te souviens de moi ?

— Je ne te connais pas, hideux personnage !

— Je suis ton frère, Lioro. Essaie de te rappeler...

— Non !

— Ne te fie pas aux apparences, ajoute Kian. Nous ne te voulons aucun mal.

— Vous me faites peur avec vos têtes de statues !

— Nous sommes aussi à moitié humains, Alaka...,
réplique Kian en tendant la main vers elle. Allez, viens
voir de plus près. Je te promets que je ne bougerai pas
d'un poil.

Alaka paraît se détendre un peu. Elle examine les
deux garçons d'un air méfiant. Ils s'efforcent de lui
sourire, et Kian l'invite encore à s'approcher.

Alaka s'exécute, désormais plus curieuse qu'effrayée.
Kian reste immobile pour ne pas l'effaroucher. Elle
s'avance jusqu'à n'être plus qu'à quelques centimètres
du visage bordé de marbre. Du bout des doigts, elle
effleure les cheveux figés, la tempe immaculée. Kian
se laisse faire. Puis, elle se tourne vers Lioro et laisse sa
main glisser sur le front et les yeux de son frère.

— De la pierre de lune..., murmure-t-elle d'une voix
lointaine. Blanche, blanche... toute lisse... comme du
savon...

Elle reprend son examen en continuant à discourir
toute seule... et se met à sentir Kian ainsi que le ferait
un animal. Celui-ci ne peut s'empêcher de pouffer.

— Arrête, tu me chatouilles !

— Pfff... Tu ne sens même pas le savon... plutôt le
chien mouillé.

— « Le chien mouillé » ! répète Kian, en se tordant
de rire. C'est toi qui dis ça, alors que tu me renifles
comme un chiot ?

Alaka, perplexe devant sa réaction, s'assied sur ses
talons. Puis, elle fronce les sourcils.

— Tu es méchant ! réplique-t-elle.

— Mais...

Kian n'a pas le temps de terminer sa phrase.

— Oh ! Quelle jolie petite bête !

Oubliant d'un seul coup l'existence de Kian, Alaka se jette sur Amuleï. Elle le tripote, comme pour déterminer de quoi il est fait.

— Rugueux, rugueux... comme... du papier de verre...

Kian se tourne vers Lioro, une lueur d'espoir dans les yeux.

— J'y pense : et si nous essayions la pâte d'herbes de Pholia sur elle ? Puisque ça fonctionne bien pour ses autres symptômes, peut-être que ça pourrait l'aider à retrouver ses esprits.

— Oui, quelle bonne idée !

Amuleï étire la tête vers eux, presque étouffé par Alaka.

— Ça ne marchera pas, déclare-t-il d'une voix étranglée.

— Pourquoi ? demande Lioro.

Amuleï se tortille pour se soustraire à la poigne d'Alaka.

— La pommade ne peut rien contre une magie aussi puissante. Elle ne guérit pas réellement Alaka de son hypersensibilité, elle ne fait qu'atténuer son malaise. Dans ce cas-ci, le médicament saura peut-être apaiser un peu son délire, mais elle n'en restera pas moins folle.

Il ne peut ajouter un mot de plus : la jeune fille l'attrape de nouveau et le serre dans ses bras comme un animal en peluche.

Kian prend un air sévère.

— Essayons tout de même. Nous n'avons rien à perdre. Amuleï et Lioro, seriez-vous capables de la maîtriser ?

Ils acquiescent. Avec effort, le démon parvient à se métamorphoser en un berkan de petite taille, cet animal aux longs bras qu'ils ont dû combattre quelques jours plus tôt. Surprise par ce revirement de situation, Alaka le lâche aussitôt et recule dans un coin de la charrette.

Lorsque Lioro et Amuleï font un geste dans sa direction, elle prend peur et passe une jambe par-dessus le rebord, comme pour sauter en bas. Avant qu'elle ait réussi à le faire, Lioro et Amuleï l'attrapent et l'immobilisent.

Le cri d'Alaka résonne haut et fort dans la plaine que recouvre le miroir de diamant.

— Non ! Laissez-moi ! À l'aide !

— Vas-y, Kian ! dit Lioro. Nous ne pourrons pas la tenir longtemps !

Le garçon a déjà une boulette de pâte entre les doigts. Il s'agenouille devant Alaka.

— C'est un médicament pour toi.

— Non ! Je ne suis pas malade !

— Je t'en prie, prends-le...

Alaka lui crache au visage. Kian soupire en s'essuyant du revers de la main.

— Nous allons devoir employer la méthode forte. Amuleï, tu n'aurais pas un bras en trop, pour remplacer celui que j'ai perdu ?

Aussitôt, une cinquième patte apparaît sur le poitrail du berkan.

— Ouvre-lui la bouche, s'il te plaît.

Amuleï s'exécute. Hystérique, Alaka se débat et hurle comme si sa vie en dépendait. Lorsque Kian approche les doigts, elle tente même de le mordre, mais Amuleï lui tient la mâchoire bien solidement. Kian parvient à enfoncer la boule de pâte dans sa gorge. Elle veut la recracher, mais ne réussit qu'à s'étouffer. Enfin, elle déglutit et avale le médicament.

Lioro et Amuleï la relâchent. Alaka continue de se débattre et de ruer dans leur direction en vociférant. Mais la pommade commence à faire effet. La jeune fille se calme peu à peu et s'assied dans son coin. Quelques minutes passent. Kian et Lioro l'observent en croisant les doigts. Rien d'autre ne se produit. Elle les toise toujours avec méfiance sans les reconnaître et tient des propos sans queue ni tête.

La lueur d'espoir s'éteint.

Alaka passe le reste de la journée à marmonner pour elle-même, à accuser Lioro, Kian et Amuleï de manipuler son esprit, à défaillir de terreur devant Mignonne venue réclamer des caresses, à se cogner la tête au fond de la charrette, puis à retomber dans un état de torpeur quasi catatonique.

Kian et Amuleï s'efforcent de la rassurer, de la calmer. Mais c'est toujours à recommencer. Ébranlé par l'état d'Alaka, Lioro reste à l'écart et l'écoute divaguer. Si ses yeux en étaient encore capables, il en pleurerait.

CHAPITRE 24

Ce n'est que le soir venu, après une interminable crise de terreur, qu'Alaka s'endort enfin. Kian et Lioro sont épuisés. Il faut dire qu'en plus de la nuit blanche à combattre les kiakals, ils ont passé les dernières heures à s'occuper de la jeune fille. Ce moment de répit est plus que bienvenu.

Les garçons descendent de la charrette et s'allongent sur la surface lisse du miroir de diamant. Ils laissent tous deux échapper un soupir de découragement.

— Écoute, dit Lioro, je tiens à te remercier pour ton soutien, avec Alaka. Sans toi, je n'aurais pas réussi à passer à travers cette journée.

— Il n'y a pas de quoi. Je... enfin... j'aime beaucoup ta sœur.

Lioro donne un petit coup d'épaule affectueux à son ami.

— Nous sommes chanceux de t'avoir trouvé sur notre route, Kian.

Ils se taisent. De la charrette leur parviennent les légers ronflements d'Alaka.

Amuleï, qui a pris une forme indéfinissable, croisement entre une albestia et un grand primate, se joint à eux. Assis en tailleur, il demeure songeur. Lioro lui pose la question qui le tourmente depuis le début de la journée.

— Amuleï... Allons-nous devoir rebrousser chemin ?

La réponse du démon est catégorique.

— Non.

— Tu veux dire que nous ne ramènerons pas Alaka à Klorian ? s'exclame Kian.

— Non.

— Je ne suis pas d'accord ! s'insurge le garçon. Tu as bien vu à quel point elle nous a accaparés aujourd'hui. Nous ne pouvons espérer libérer les victimes de Mérikir dans ces conditions !

— C'est trop dangereux pour elle, ce qui nous attend dans les Forges, renchérit Lioro. Elle risque de se mettre elle-même en danger... et de nous compromettre aussi par la même occasion.

— C'est pour ça qu'elle doit recouvrer la raison avant que nous y allions, déclare Amuleï.

Lioro et Kian en restent bouche bée.

— Tu veux dire qu'il est possible de la guérir ? l'interroge ce dernier, plein d'espoir.

— Oui.

— Tu disais que les effets de mon cri étaient irréversibles ! lui rappelle Lioro.

— C'est presque vrai.

Lioro comprend où il veut en venir.

— Toi, tu peux le faire, c'est ça ?

Amuleï le ramène bien vite à la réalité.

— J'en aurais été capable à l'époque où je régnais sur Litheira, avant que Mérikir me pulvérise. Mais si je récupère mes dernières particules, je retrouverai tous mes pouvoirs... y compris celui qui me permettrait de soigner Alaka.

Kian fronce les sourcils.

— Nous sommes loin des Forges. Et avec Alaka qui est malade, comment comptes-tu t'y prendre ?

Amuleï fait un geste du menton dans la direction de la charrette.

— La solution, c'est le silka.

Kian et Lioro l'avaient presque oublié, celui-là. Le silka, qui les traitait aux petits oignons tant qu'ils se trouvaient sur le territoire de Klorian, s'est beaucoup moins manifesté depuis qu'ils ont traversé le champ de lave. Il est demeuré sous la bâche, dans la voiture, ne quittant sa cachette que pour leur proposer à l'heure des repas les boulettes de feuilles marinées offertes par Pholia.

Lorsque Amuleï l'appelle, c'est un minuscule oiseau qui vient se percher sur le rebord de la charrette. Ses plumes d'un brun terne sont clairsemées et laissent voir la peau rose de son ventre.

— Approche, lui demande Amuleï en tendant son index dans les airs.

L'oiseau s'envole et vient se poser sur le doigt de son maître. Il baisse la tête en signe de respect.

— Je vais avoir besoin de tes services, lui explique Amuleï.

L'oiseau s'ébroue.

— Tu dois aller dans la montagne creuse de Mérikir et rapporter mes particules manquantes.

— Mais... Amuleï! l'interrompt Kian, sidéré. Tu as vu comme il est affaibli... Il ne peut pas accomplir une telle mission!

— Il le fera. Je l'aiderai.

L'oiseau saute à terre. Ses pattes griffues cliquettent sur la surface polie, aussi lisse que du verre. Il replace ses plumes de son bec, puis il attend.

Amuleï quitte sa forme d'albestia simiesque et disperse les grains de son corps. Un large nuage de poussière s'élève au-dessus du silka. La masse sombre s'étire, se tend, tourbillonne, comme en ébullition... Et dans une étincelle magistrale qui claque dans la nuit, elle se scinde en deux. Le plus petit amas de particules redescend près du sol et enveloppe le corps du silka. Kian ne l'aperçoit plus qu'à travers un brouillard grisâtre, vivant. Le second nuage se contracte et prend la forme d'un petit nokéro. L'animal se pose sur le miroir de diamant, une patte à la fois. Il halète, langue pendue. Il paraît exténué.

— A... Amuleï? dit Kian à l'intention du rongeur à écailles.

— Oui... c'est moi...

— Qu'est-ce qui vient de se produire?

— Je me suis défait d'une partie de mon corps afin de l'offrir au silka... pour le protéger...

Dans sa coquille de poussière, ce dernier se tient prêt à partir.

Amuleï reprend la parole:

— Rejoignons Alaka dans la charrette. En renonçant à une aussi grande quantité de particules, je cours le risque que mon champ de force perde de sa puissance. Vous devrez rester encore plus près de moi.

Les garçons acquiescent.

— Et le silka? demande Kian.

— Il lui manque une dernière chose avant de prendre son envol.

Amuleï crache une étincelle dans les airs. Elle retombe en dansant dans le vent et se dépose au sommet de l'enveloppe protectrice du silka. Aussitôt, celle-ci disparaît, de même que son contenu. Kian laisse échapper une exclamation de stupeur. Lioro, qui perçoit toujours le silka avec son sonar, ne comprend pas la réaction de son ami.

— Quoi... qu'est-ce que j'ai manqué?

— Le silka s'est volatilisé!

— Non, il est seulement invisible, précise Amuleï.
Il lui faudra quelques heures pour atteindre les Forges.
Profitons-en pour dormir un peu.

CHAPITRE 25

Alaka ouvre les yeux un peu avant l'aurore. Lorsqu'elle constate qu'elle est coincée entre deux individus qu'elle ne reconnaît pas, un cri de terreur s'échappe de sa gorge. Les garçons se réveillent en sursaut. Kian ouvre la main devant lui en un geste qu'il voudrait le plus rassurant possible pour son amie.

— Tout va bien, Alaka, c'est nous : Kian et Lioro... Nous ne te voulons aucun mal.

La jeune fille les examine dans la pénombre diffuse qui précède l'aube.

— Vous mentez ! grogne-t-elle. Avec vos masques blancs, vous ne pouvez être que des bandits... Avouez que vous m'avez enlevée !

— Mais non..., rétorque son ami.

Il montre Lioro du doigt.

— Regarde, lui, c'est ton frère, pas un ravisseur.

Alaka scrute le visage de marbre de Lioro, loin d'être convaincue. Puis, distraite, elle se tourne vers le bâton qu'elle a reçu de Pholia. Elle le saisit et tente de le faire tenir en équilibre à la verticale dans sa paume. Lioro reste à côté d'elle, prêt à attraper la branche avant qu'elle s'abatte sur sa tête.

Kian remarque alors Amuleï, assis dans un coin de la charrette, paupières closes. Son fin museau pointe vers le bas, et ses oreilles sont aplaties sur sa nuque. Le garçon s'approche de lui.

— Tu ne dormais pas ? demande-t-il.

— Non. Je suis la progression du silka.

— Tu peux savoir où il se trouve ?

— Aussi bien que si je l'accompagnais… parce que je suis justement avec lui. Du moins, en partie.

— Et où se trouve-t-il, maintenant ?

— Il vient d'arriver devant les Forges. Il contemple un spectacle pire encore que ce que j'imaginais : une marée humaine dense, immense, pétrifiée dans le marbre. Le jardin de statues de Mérikir.

Un frisson parcourt ce qui reste de peau à Kian. Il s'en est fallu de si peu qu'il se retrouve là-bas, lui aussi.

— Décris-moi ce que tu vois, s'il te plaît, Amuleï. J'aimerais savoir.

Le petit nokéro entrouvre ses yeux en amande. Il acquiesce et les referme.

— Le silka survole les têtes de pierre. Il y en a tellement… Tout Klorian est là. Au centre du jardin, entre les corps paralysés, se tient une haute colonne aux bras multiples. C'est là que Mérikir l'a torturé, il y a douze ans, afin de me piéger. Le silka se pose au bout de l'une des branches, tout près des doigts de pierre qui maintenaient prisonniers l'un de ses compagnons. Mais il n'y a plus rien, désormais. Oh, attends un instant : je vois entre les griffes minérales une graine ronde comme une bille. C'est la forme que prend le corps des silkas lorsqu'ils meurent. Mérikir les a donc vraiment laissés périr sur place...

Le démon serre les dents.

— Notre pauvre petit silka..., souffle Kian. Ce doit être terrible pour lui de revoir ses compagnons..., tous morts.

Amuleï hoche la tête, affligé, et continue.

— Il reprend son vol. Par-delà la mer de statues, une montagne haute et étroite pointe vers le ciel. Ses flancs abrupts luisent dans les premiers rayons de l'aube. C'est le pic rocheux des Forges, le palais sans porte de Litheira. À moins de passer par les souterrains, seuls un balcon suspendu une dizaine de mètres au-dessus du sol et quatre fenêtres percées au sommet permettent d'y entrer. Le silka prend de l'altitude. Il choisit la fenêtre orientale.

— Elle est ouverte ?

— Le carreau a été fracassé il y a longtemps, par Mérikir lui-même. Il a négligé de le réparer. Le silka se pose sur l'appui de la fenêtre. Il est toujours invisible.

Il inspecte les lieux plus bas. Ce sont les appartements que je partageais avec Mérikir, avant... Mais les meubles ne sont pas disposés comme autrefois, et mes affaires ont disparu. Une haute silhouette se tient au centre de la pièce. C'est Mérikir. Il brille de mille feux. Tout autour se prosternent des dizaines de feux follets, ces créatures que nous employons aux Forges. Des kiakals sont assis au fond de la salle, bien sages, en rangs. Ah...

Le corps de nokéro d'Amuleï se met à trembler, ses contours à frémir de façon incontrôlée.

— Ça va ? dit Kian en se penchant vers lui.

À l'autre extrémité de la charrette, Lioro tourne la tête vers eux. Vite lassée de son jeu, Alaka s'est rendormie, la tête posée sur le bâton de Pholia.

— Mes... mes particules perdues..., articule Amuleï. Je les sens, elles sont là, dans cette pièce !

Il s'adresse à distance à son envoyé.

— Petit silka, te souviens-tu de l'endroit où Mérikir les as mises ? Pholia a dit que c'était dans un flacon. Tu le vois ?

Amuleï se crispe.

— Sur la tablette ? Oui, tu as raison ! Elles sont là, je peux les sentir qui m'appellent !

Les yeux toujours fermés, Amuleï s'agite dans la charrette. Kian, anxieux, n'ose pas bouger. Le démon continue de parler, s'adressant toujours au silka.

— Pose-toi là. Oui, c'est bien. Je t'assure, ni Mérikir ni ses créatures ne peuvent te voir. Le flacon de cristal...

Ça bouge à l'intérieur! Mes particules vivent... elles veulent sortir!

Il se calme un peu et baisse la voix.

— Tes ailes ne te seront d'aucun secours pour ouvrir le flacon, silka. Transforme-toi. Un nokéro aux mains habiles, voilà qui est parfait. Avec tes petites pattes et tes dents, ôte le bouchon. Fais très attention, il ne faut pas le faire tomber. C'est bon, Mérikir ne regarde pas dans ta direction. Ça ne fonctionne pas? Il a dû le sceller au moyen d'un sortilège. Laisse-moi m'en occuper.

Amuleï ouvre la gueule, comme s'il s'apprêtait à cracher l'une de ses flammèches magiques. Pourtant, il la referme sans que rien en soit sorti.

— Voilà, mon étincelle devrait avoir désactivé le charme pour un moment. Dépêche-toi de retirer le bouchon. N'oublie pas, tout en douceur... Oui, comme ça! Ah, mes particules... elles sortent, enfin libres! Avale-les, silka, vite. Jusqu'à la toute dernière miette. N'en laisse surtout pas!

Amuleï se montre de nouveau fébrile, ses oreilles pivotant en tous sens. Son impatience est palpable, contagieuse.

— Allez..., continue-t-il. Maintenant, reviens-moi, que mes particules puissent réintégrer mon corps! Oh, le flacon... non!

Amuleï tressaute, comme si un objet venait de se fracasser sur le sol, tout près de lui.

— Le bruit... Les feux follets se redressent! Les kiakals grognent!

Il tourne brusquement la tête à gauche.

— Et Mérikir... il regarde dans notre direction! Vite, silka, tu dois quitter la montagne sur-le-champ! Reprends ta forme d'oiseau, je t'en prie... Maintenant, vole, bats des ailes de toutes les forces qu'il te reste! N'aie pas peur, tu es toujours invisible... Mais mon frère n'est pas dupe. Lorsqu'il verra le flacon brisé, il comprendra qui est venu récupérer ce qu'on lui avait arraché... Allez, vite, par la fenêtre. Oui, voilà, monte plus haut dans le ciel! Tu as réussi!

Amuleï pousse un soupir de soulagement. Vidé, il se laisse choir sur les planches de la charrette. À l'est, le soleil matinal illumine le paysage. Les rayons obliques, réfléchis par le miroir de diamant, créent des formes de lumières dansantes autour de la voiture et de Kirkilu. Alaka ouvre les paupières.

— Une mer de feu! Nous nous enfonçons dans des torrents de flammes! Au secours!

Lioro et Kian la rassurent.

Quelque part entre les Forges et l'endroit où ils se trouvent, un petit oiseau, protégé des regards par une bulle d'invisibilité, plane dans l'air chaud et sec des plateaux rocheux.

CHAPITRE 26

L'après-midi est bien avancé lorsque Amuleï sent revenir le silka. Lioro détecte sa présence quelques instants plus tard, grâce à son sonar. Quant à Kian, il a passé la journée à déployer des trésors d'ingéniosité pour qu'Alaka accepte de demeurer dans la charrette, à l'intérieur de la sphère de protection réduite du démon. Sa dernière trouvaille : affirmer que des serpents grouillent sous la voiture pour dissuader la jeune fille d'en descendre.

Amuleï se dresse sur ses pattes arrière, le museau en l'air. Il reste ainsi une dizaine de secondes, puis projette une paillette de feu à quelques mètres de la charrette. À l'instant où l'étincelle s'évanouit, absorbée par un corps invisible, le silka réapparaît, auréolé de sa bulle de poussière.

— Le voilà ! indique Kian.

L'oiseau se pose devant son maître. Le brouillard gris qui l'enveloppe se dissipe. Les grains voltigent jusqu'à Amuleï et reprennent leur place dans son corps, transformant le petit nokéro en imposant kiakal.

Aussitôt que la dernière poussière qui le protégeait le quitte, l'oiseau chancelle. Une partie de ses plumes s'envolent en tourbillonnant. Kian s'agenouille devant le silka et palpe sa poitrine.

— Il est en train de mourir, déclare-t-il. Ce voyage l'a achevé...

— Il nous aurait déjà quittés s'il n'avait pas mes particules dans le ventre pour le garder en vie, explique Amuleï. Pholia nous avait prévenus qu'il ne tiendrait pas longtemps hors des frontières de Klorian. Il a été très courageux.

Le démon s'approche du petit animal agonisant. Il lui glisse à l'oreille :

— Crache, petit silka. Après, tu pourras partir.

Il ajoute, plus bas encore :

— Et surtout, merci.

L'oiseau déplumé relève la tête avec peine. Il entrouvre le bec et, avec de violents spasmes, régurgite toutes les particules qu'il a récupérées. Elles valsent dans les airs autour de la tête d'Amuleï, heureuses de le retrouver. Le silka change alors de forme : il passe rapidement d'oiseau à papillon, à scarabée, à fourmi. Puis, il disparaît, ne laissant derrière lui qu'une graine ronde comme une bille, aussitôt emportée par le vent vers l'est. Vers Klorian.

Les particules réintègrent une à une le corps d'Amuleï. Le démon se gonfle par à-coups, un membre à la fois. Sa morphologie s'apparente désormais à celle d'une méduse géante. La haute silhouette prend de plus en plus de place dans la charrette, repoussant dans un coin Kian, Lioro, Alaka et Mignonne. La poussière dont est fait son organisme se déverse du sommet de son crâne jusqu'au sol en une couche lisse comme le verre, qui, à mi-hauteur, se sépare en centaines de fins tentacules. Sa tête, qui n'en est pas vraiment une, chapeaute ses multiples bras et lui fait comme une ombrelle. Autour de celle-ci pointent quatre yeux, un pour chacun des points cardinaux.

Amuleï a pris la forme originelle des Frères de Pierre. Il est enfin complet.

— Ah, quelle sensation merveilleuse que de retrouver ce qu'on croyait avoir perdu à tout jamais ! dit-il avec émotion. Je suis redevenu Amuleï de Litheira !

Kian et Lioro le contemplent avec émerveillement, mais aussi avec une part de crainte. Un autre démon du même calibre les attend, dans les Forges, et ils devront le vaincre pour libérer les gens de Klorian du jardin de statues.

Si les garçons sont frappés de stupeur par l'apparition qui vient de surgir devant eux, Alaka, elle, en est littéralement traumatisée. Elle ne trouve même plus la force de crier.

L'espace est restreint dans la voiture ; Alaka veut sauter par terre, mais se rappelle soudain les serpents, ceux dont Kian lui a parlé. Elle les imagine remuer sous la charrette, attendant qu'une proie en tombe pour planter leurs crocs gorgés de venin dans sa chair.

C'est alors qu'elle aperçoit le bâton avec lequel elle jouait plus tôt, qui dépasse de sous la bâche. Elle le saisit des deux mains et saute sur l'un des panneaux de bois.

— Alaka! s'énerve Lioro. C'est dangereux, descends de là tout de suite!

Elle écarte les jambes pour assurer son équilibre, peu disposée à écouter ce garçon qu'elle considère comme un inconnu.

— Cette créature me veut du mal! Je dois défendre ma peau!

— C'est Amuleï, notre protecteur, explique Kian en s'approchant. Je sais que c'est difficile à croire, mais c'est bien lui.

— Écarte-toi!

La jeune fille fait tournoyer son bâton au-dessus de sa tête et l'agite devant elle au hasard. Kian tombe à la renverse pour éviter de le recevoir en plein visage. Il atterrit sur Mignonne, qui pousse un jappement aigu de douleur. Lioro saisit son fouet. Il vise le bâton d'Alaka, et la lanière s'enroule autour.

— Mon arme! proteste-t-elle, furieuse.

Elle tire pour la libérer, mais soudain, elle perd pied et bascule dans le vide.

— Aaaah!

Amuleï décide alors d'intervenir. Il propulse une dizaine de ses tentacules vers Alaka et la rattrape à la toute dernière seconde. Mais la jeune fille aurait préféré faire une vilaine chute, plutôt que d'être touchée par le démon.

— Lâche-moi, sale monstre !

Elle se débat comme un diable. Lioro essaie de la calmer avec des paroles réconfortantes, mais elle demeure agitée. Amuleï élève trois de ses bras fins au-dessus de la tête d'Alaka. Au bout de chacun apparaît une motte d'argile fraîche et dégoulinante. Il en écrase une sur la bouche d'Alaka, une autre autour de ses chevilles et une troisième autour de ses poignets, pour les menotter. D'un claquement de tentacule, la boue se fige instantanément. La jeune fille, immobilisée, braque de grands yeux terrifiés sur Amuleï.

— Désolé, Alaka, dit le démon en la transportant hors de la charrette. Ce sera plus simple comme ça.

Il dépose sa prisonnière sur la surface lisse du miroir de diamant. Kian et Lioro le rejoignent, perplexes.

— Que vas-tu lui faire ? demande Kian, un doute dans la voix.

Amuleï tourne l'un de ses quatre globes oculaires vers lui.

— Laissez-moi vous montrer la véritable puissance des démons de Litheira. Regardez bien.

Le bas du corps d'Amuleï se met à onduler lentement. Puis, les innombrables fils qui le constituent se soulèvent. Un minuscule morceau de charbon naît à l'extrémité de chacun des tentacules. Le démon les approche du corps d'Alaka, qui reste immobile et raide sur la pierre miroitante. Elle tremble d'effroi. Les morceaux de charbon se balancent quelques instants devant ses yeux et l'entraînent dans un monde de rêves paisibles. Ses paupières se ferment.

Les longs bras suspendus au-dessus d'Alaka descendent sur elle et entrent en contact avec ses vêtements, avec sa peau. Ils les effleurent en y laissant des traînées sombres qui s'enchevêtrent. C'est une véritable œuvre d'art qu'Amuleï est en train de dessiner sur le corps de la jeune fille.

Durant de longues minutes, Amuleï frictionne Alaka avec les briques de charbon. Bientôt, elle devient aussi noire que le démon de poussière. Lorsque toute sa peau est couverte de suie, les bras fins d'Amuleï s'élèvent dans les airs et retombent le long de ses flancs.

— Voilà, j'ai terminé.

Il fait claquer deux tentacules et le bruit sec brise le silence. Les entraves de roc autour des jambes, des bras et des mâchoires d'Alaka se rompent. Elle ouvre les paupières.

— Alaka ? fait Lioro en s'agenouillant près d'elle.

La jeune fille tourne la tête dans sa direction et sourit.

— Lioro...

— Tu... tu me reconnais ?

— Mais bien sûr, petit frère ! Quelle drôle de question...

— Tu es vraiment guérie ! se réjouit-il en la serrant dans ses bras.

Kian se joint à leur accolade.

— Oh, Alaka ! Ça fait du bien de te voir comme ça !

— Mais qu'est-ce qui vous prend, à tous les deux ?

Les garçons éclatent de rire. Alaka se redresse, remue ses membres endoloris et masse ses poignets. Elle plisse les yeux, éblouie par la lumière que reflète le miroir de diamant.

— Comme c'est beau, ici !

Puis, l'incompréhension se peint sur son visage lorsqu'elle constate que ses vêtements et son épiderme sont couverts d'une poudre noire. Elle jette un nouveau coup d'œil, perplexe cette fois, dans la direction de Lioro et de Kian.

— Je suis toute sale... Qu'est-ce qui s'est passé ?

— Amuleï t'a soignée, répond Kian.

Il désigne du doigt une ombre derrière elle, et Alaka se retourne. Amuleï la regarde de ses multiples yeux, ses tentacules de méduse gigantesque ondulant dans la brise.

— Bonjour, dit le démon. Tu ne me reconnais pas ?

Alaka se frotte les yeux. Elle se lève avec une extrême lenteur, observe la haute silhouette noire. Son calme est renversant. La fille hystérique et détraquée des dernières heures a disparu. Elle sourit.

— Oui, je te reconnais.

Cette part d'elle-même touchée par l'étincelle d'Amuleï, le jour de sa naissance, n'a aucun doute : peu importe la forme qu'il adopte, l'esprit d'Amuleï reste bienveillant.

— Il a récupéré ses dernières particules et retrouvé sa véritable apparence, ainsi que tous ses pouvoirs, explique Kian.

— Oh, quelle bonne nouvelle !

— C'est grâce à ça qu'il a pu te guérir.

Alaka plisse le front.

— Vous dites qu'il m'a guérie... J'ai été malade ?

— Tu as été atteinte par mon cri, déclare Lioro.

La jeune fille est consternée par cette révélation.

— Ton... cri ? bredouille-t-elle. Celui qui rend fou ?

— Oui. Heureusement, Amuleï a pu te sauver.

Elle se tourne vers le démon.

— Je te remercie du fond du cœur, Amuleï.

— Ce n'est rien. Grimpe dans la charrette, maintenant. Tu pourras t'essuyer le visage en chemin, pendant que les garçons te raconteront les détails de l'histoire.

— Nous partons ?

— Oui. Le temps est enfin venu de rendre visite à Mérikir.

CHAPITRE 27

La nuit est tombée. Monté sur Kirkilu, Lioro dirige la voiture sur les terres sèches de Litheira, guidé par Amuleï, qui avance à ses côtés. Alaka et Kian sont assis dans la charrette et discutent, Mignonne étendue à leurs pieds. Amuleï s'adresse à eux :

— Les dernières heures ont été éprouvantes. Vous devriez essayer de dormir un peu pendant que c'est possible. Je dirigerai Kirkilu.

— Je croyais que c'était dangereux de dormir alors que les bêtes nocturnes rôdent..., fait remarquer Alaka. Ne risquons-nous pas une autre attaque des kiakals ?

— Ils n'oseront pas se frotter à moi, maintenant. Et si elles s'y aventuraient, je nous en débarrasserais d'un claquement de tentacules. Elles ne font pas le poids face à un démon des Forges en pleine possession de ses moyens. Dormez tranquilles.

Lioro les rejoint dans la charrette, et pendant les trois heures suivantes, c'est ce qu'ils font, blottis les uns contre les autres. Puis, Alaka ouvre les yeux. Elle secoue Lioro et Kian, qui se réveillent en sursaut.

— Amuleï! fait-elle à la haute silhouette du démon, qu'elle perçoit difficilement dans l'obscurité, près de Kirkilu. La terre a bougé.

— Je sais, répond-il.

— Tu as dit que les kiakals n'auraient pas l'audace de s'en prendre à toi! proteste Lioro.

— Ce ne sont pas des kiakals, réplique le démon.

— Alors... qu'est-ce que c'est?

— Mérikir... Il me cherche.

À quelques mètres devant Kirkilu, le roc se fend alors dans une explosion de cailloux. Alaka se protège le visage de son bras. Ce qu'elle voit, lorsque la pluie de gravats finit de s'abattre, la frappe de stupeur.

Une immense face de trois mètres de hauteur surgit du fond de la crevasse. Ses énormes yeux jaunes la fixent d'un air moqueur. Son sourire luit dans les rayons de la lune. D'un lent mouvement mécanique, un corps gigantesque suit la tête et s'extirpe de la roche avec un grincement de ferraille.

Lioro déclare en se tournant vers Amuleï:

— Mon sonar est catégorique: cette chose n'est pas vivante. Qu'est-ce que c'est?

— Nous l'appelons le Malicieux. C'est une machine que nous avons conçue, Mérikir et moi, pour faciliter nos déplacements. Nous l'avons baptisée ainsi à cause du large sourire que les feux follets ont peint sur son visage. Grâce à ses dents de métal qui broient la pierre, le Malicieux peut se creuser un chemin à travers tout le domaine.

— Et pourquoi se trouve-t-il sur notre route, en pleine nuit ? demande Alaka.

— Mérikir n'est pas idiot : il a compris que je suis de retour au pays. S'il m'envoie le Malicieux, ce n'est certainement pas pour me faire bon accueil. Tout porte à croire qu'il m'invite à un face-à-face dans les Forges.

Alaka déglutit.

— De toute façon, il était écrit que ça se terminerait ainsi, poursuit Amuleï. Nous parviendrons seulement à destination plus tôt que prévu, ce qui n'est pas si mal.

Dans la charrette, les enfants n'ajoutent rien. Kian chuchote à l'intention d'Alaka :

— Dis... tu as mal au cœur, là ?

— Non, pas vraiment. Je suis un peu nerveuse, c'est tout.

— Excellente nouvelle. Souhaitons que ça dure.

Une fois que l'immense ver métallique a complètement émergé de la terre, une porte s'ouvre sur son flanc. Une lumière vert amande se déverse de la machine. Amuleï sait ce que cela signifie.

— Mon frère nous a envoyé ses feux follets comme escorte. Ils ne vous feront aucun mal. Je suis plus puissant qu'eux.

Deux formes mouvantes, sans visage, s'avancent dans le cadre de la porte de métal. Elles ressemblent à des flammes verdâtres qui s'étirent en tous sens. Elles font signe au groupe de bien vouloir prendre place dans le Malicieux.

Pendant qu'Alaka, Lioro et Kian descendent de la charrette avec Mignonne, Amuleï fait ses recommandations.

— Suivez les feux follets et faites tout ce qu'ils vous demandent. Je vais vous suivre pour m'assurer qu'ils ne laissent personne derrière.

Lioro pénètre le premier dans le corps de métal, guidé par son sonar. Il en profite pendant qu'il en est encore temps, car il sait que lorsque le Malicieux plongera sous terre, il en perdra l'usage. Kian et Alaka entrent ensemble, main dans la main. La jeune fille porte son bâton en bandoulière dans son dos tel un sabre. Kian, lui, a pris son sac de guérisseur en plus de la pochette de pommade, accrochée à son cou. Mignonne le suit comme un chien de poche.

Restent Kirkilu et la charrette. Amuleï charge rapidement les effets personnels d'Alaka et de Lioro sur le dos de l'animal et le conduit vers la porte métallique.

— L'okoma vient avec nous, déclare-t-il aux feux follets qui lui barrent la route.

Avec leur visage de flammes vertes, les serviteurs de Mérikir considèrent Amuleï et Kirkilu un court instant. Puis, ils se rangent de chaque côté de l'ouverture, pour leur céder le passage. L'okoma parvient à introduire son grand corps dans le thorax du Malicieux. Amuleï y pénètre à son tour. La charrette reste derrière, abandonnée. Lorsque la porte d'acier se ferme avec un claquement, elle disparaît de leur vue.

CHAPITRE 28

Quelques heures plus tard, le ventre du Malicieux s'ouvre de nouveau pour laisser sortir Amuleï et ses protégés. Tous descendent de la machine et se retrouvent dans une immense grotte. Stalactites et stalagmites se rencontrent au centre et forment des colonnes aux lignes irrégulières.

— C'est le hall souterrain des Forges, l'entrée principale, explique Amuleï. Au-dessus, à la surface, se dresse le grand pic rocheux qui surplombe notre forteresse. Les étages inférieurs sont consacrés aux fourneaux et aux ateliers, où sont façonnés tous les métaux et minéraux de Posséteira.

— Nous touchons donc au terme de notre voyage, déclare Alaka en portant sur ses compagnons un regard satisfait.

Amuleï hoche la tête de haut en bas.

— Oui, et j'admets qu'il n'a pas été de tout repos. Mais, bien que nous soyons arrivés, le plus important reste à faire. Ne baissez pas votre garde.

L'entrée de plusieurs tunnels se découpe sur la paroi qui fait le tour de la salle. Le plus grand des feux follets s'engage dans l'un d'eux et fait signe aux visiteurs de le suivre.

— Pourriez-vous conduire notre okoma et notre albestia dans le bâtiment souterrain réservé aux animaux? demande Amuleï. Ils y seront mieux.

Le second feu follet s'approche de Kirkilu et, de ses doigts de lumière, saisit la bride de son harnais. L'okoma se laisse mener sans broncher jusqu'à une ouverture à l'autre extrémité du hall. Mignonne, elle, se met à grogner en retroussant les babines. Lorsqu'il passe près d'elle, le feu follet tend son autre main au-dessus de sa tête et laisse tomber sur le crâne hirsute de l'albestia une pluie d'étincelles. Mignonne se calme aussitôt et, docile, lui emboîte le pas. Kian la regarde partir avec un pincement au cœur.

— Ne vous inquiétez pas, dit Amuleï. Vous les reverrez bientôt.

Guidés par le feu follet, le démon et les enfants avancent dans l'obscurité. Lioro est mal à l'aise. Le champ d'action de son sonar se limite désormais à la largeur du tunnel, ce qui est bien en deçà de ce qu'il arrive à percevoir en général. Angoissé, il reste collé à ses compagnons. Alaka et Kian essaient quant à eux de ne pas trébucher sur les cailloux qui jonchent le sol, à peine éclairé par des torches accrochées au mur à intervalles réguliers. La chaleur ambiante est de plus en plus intolérable. Les trois enfants suent à grosses gouttes.

Ils débouchent ensuite sous une haute voûte, au centre de laquelle s'alignent six gigantesques fourneaux couverts de suie. D'un côté comme de l'autre des hauts cubes noirs, une bouche incandescente s'ouvre pour laisser entrer le métal à fondre. Des ombres orangées sont projetées sur les murs.

— Voici les fours du premier niveau. On y produit des métaux de seconde qualité, qui sont ensuite exportés à Nivia.

Alaka observe la scène. Elle croit distinguer des silhouettes verdâtres dans l'air embrouillé par la touffeur des fournaises.

— Ce sont des feux follets que je vois travailler?

— Oui. Tout autre habitant de l'île mourrait s'il passait ses journées dans une pareille étuve. Ils sont les seuls à pouvoir le supporter.

— Y a-t-il des humains qui vivent dans le domaine de pierre?

— Très peu, même du temps où je régnais avec Mérikir. Litheira n'est pas faite pour des organismes aussi fragiles. Mais mon frère hait tellement les hommes que je doute qu'il ait continué à tolérer leur présence après mon départ.

Leur guide les entraîne sur une passerelle longeant le côté nord de la voûte, puis ils empruntent un autre corridor qui les éloigne de la chaleur de la forge du premier niveau. Alaka s'essuie le front de sa manche.

Après avoir bifurqué un certain nombre de fois dans les couloirs, ils arrivent dans l'antichambre des appartements de Mérikir, ceux qu'il partageait autrefois avec Amuleï. Les murs sont taillés dans le roc, et une large porte de bronze brille au fond de la pièce. L'air, ici, est moins étouffant.

Le feu follet invite les visiteurs à s'asseoir sur un large banc de pierre. Puis, il franchit le portail de bronze en se glissant dessous.

— Où est-il passé ? demande Lioro, surpris qu'il ait disparu d'un coup de son champ de détection.

— De l'autre côté de cette porte, explique Amuleï. Il est allé nous annoncer à Mérikir.

Un silence lourd, anxieux s'installe. Kian questionne à nouveau Alaka sur son état. Elle lui assure avec un faible sourire que ça va.

Ils attendent plus d'une heure.

Soudain, un grincement retentit. C'est la haute porte de bronze qui tourne sur ses gonds. Les enfants se lèvent.

Le battant s'ouvre avec une lenteur désespérante. Amuleï, Lioro, Alaka et Kian s'approchent. Deux feux follets apparaissent dans l'embrasure, leurs flammes pâles vacillant dans le courant d'air. Ils s'écartent pour les laisser passer. Le groupe avance sous l'arche de pierre.

— C'est là que tout va se jouer, confie Amuleï aux enfants. Je vous promets de faire de mon mieux pour libérer les gens de Klorian du jardin de statues.

Alaka lève les yeux vers lui et acquiesce, pour lui signifier qu'elle a confiance en lui. D'un coup d'épaule, elle replace la courroie qui retient son bâton dans son dos. Lioro enroule ses doigts autour du manche de son fouet, et Kian presse la pochette de pâte d'herbes sur son cœur, comme une amulette.

Avec une certaine dose d'appréhension, Amuleï entre le premier dans la salle majestueuse où les reçoit Mérikir, cet endroit où il a vécu mille ans avant d'en être chassé. Les enfants le suivent de près. Alaka et Kian regardent vers le sommet de la montagne creuse, des dizaines de mètres au-dessus de leur tête, et en restent éblouis. Le soleil s'est levé tandis qu'ils parcouraient les couloirs des Forges. Ses rayons, qui pénètrent par les fenêtres et ricochent ensuite sur les divers minéraux incrustés sur les murs, se fractionnent en un arc-en-ciel de couleurs. Les lieux sont inondés de cette remarquable lumière. Après l'aspect lugubre et sale du hall et du premier niveau, ce spectacle ne peut que les émerveiller.

Amuleï s'avance un peu plus, escorté par les feux follets. Des kiakals se tiennent aux quatre coins de la pièce. Mérikir est là, au centre. Éblouissant.

Les enfants ne peuvent s'empêcher de le contempler malgré leur frayeur.

La haute silhouette est identique à celle d'Amuleï. Sa peau, aussi lisse que du verre, n'est pourtant pas sombre comme celle de son frère : les particules innombrables qui la composent prennent les couleurs de tous les minéraux et métaux connus sur l'île. Cela donne à Mérikir une apparence mordorée, chatoyante, comme si du feu jouait sur son corps de méduse géante.

Amuleï s'incline. Derrière lui, les enfants s'empressent de s'agenouiller.

— Mon frère, je te présente mes hommages.

Mérikir éclate de rire.

— Ah, Amuleï ! Il n'y a vraiment que toi qui puisses faire ça : me témoigner une courtoisie exemplaire, alors que j'ai tenté de te tuer ! Ce ne sont pas douze ans d'exil qui t'auront changé, à ce que je vois !

—Il y a des choses qui ne changent pas.

Mérikir dirige l'un de ses quatre yeux sur son frère.

— Ainsi, tu as su retrouver tes particules. Je dois dire que ça ne me surprend pas, puisque tu es venu les chercher ici même, sous mon nez, hier.

— Ce n'était pas moi. Enfin, pas exactement.

— Et puis-je savoir qui d'entre nos frères et sœurs a eu la désobligeante idée de te venir en aide ?

— Pholia et Radixa. Elles m'ont offert un silka ; c'est lui qui est venu hier.

— Impossible. Nos sœurs sont en train de sécher sur pied. Il ne leur reste sans doute même plus assez de force pour se sauver elles-mêmes.

— Elles sont plus puissantes que tu ne le crois. Tu as tendance à sous-estimer tes adversaires, mon frère. Le démon encaisse le coup, mais il déteste avoir tort. Et Amuleï le sait. Il le sent bouillir.

Mérikir se tait et laisse passer plusieurs minutes, comme pour éprouver le sang-froid de ses invités. Amuleï demeure de glace, stoïque. Surtout, il ne doit lui montrer aucun signe de faiblesse. Il jette un coup d'œil par-dessus son épaule, pour s'assurer que ses protégés vont bien. À quelques pas de lui, les enfants sont prosternés, le front contre la pierre. Ils restent immobiles comme des statues.

Mérikir reprend finalement la parole. Sa voix se fait mielleuse, insidieuse.

— Je vois que tu t'es fait d'intéressants petits amis, Amuleï. Des humains ! Enfin, ils ne le sont plus tout à fait...

Lioro et Kian se crispent en comprenant que le démon parle d'eux et de leur corps à moitié figé dans le marbre. Les yeux de Mérikir s'illuminent soudain.

— Oh, mais en voilà une véritablement humaine ! Toute de chair et de sang... Je ne pensais pas en revoir de sitôt.

Alaka relève la tête avec défi. Elle plonge son regard dans celui du démon.

— Oui, seigneur. À cause de votre cruauté, je suis la dernière de Klorian.

— Et pas la plus polie, d'après ce que je constate, réplique Mérikir d'un ton cinglant. Prosterne-toi.

Les feux follets postés près des enfants réagissent aussitôt. D'un seul coup, leur corps s'embrase et vient lécher le sommet de la montagne. Les flammes émeraude répandent sur le visage d'Alaka des lueurs terrifiantes. Elle sursaute et plaque de nouveau son front contre terre. Elle tremble de tous ses membres, et de la sueur vient mouiller ses tempes.

— Arrête ton numéro, gronde Amuleï.

Les feux follets diminuent d'intensité ; les hautes flammes vertes retombent en cascade sur leur tête pour réintégrer leur corps. La lumière du jour reprend le dessus.

Avec une lenteur calculée, Mérikir s'avance vers Alaka, Kian et Lioro. Ils ressentent sa puissance, chaude et envoûtante, les envahir. Amuleï glisse alors sur le sol d'un mouvement rapide et vient se placer devant ses protégés.

— Non ! Tu ne leur feras rien.

— Tu crois ? ricane le démon chatoyant. Tu vas m'en empêcher, j'espère.

— Laisse-les tranquilles. Cette histoire ne concerne que toi et moi.

— C'est une invitation ?

— Si tu le prends ainsi.

— Eh bien, je ne peux pas la refuser. Amusons-nous un peu, comme dans le bon vieux temps.

Les deux frères se positionnent l'un en face de l'autre, se toisant de leurs quatre yeux. Amuleï fait un geste des tentacules dans son dos, en direction d'Alaka, de Kian et de Lioro, pour leur dire de s'éloigner. Ils reculent, toujours agenouillés, jusqu'à sentir leurs pieds toucher la paroi de pierre.

— Mais je ne ferai pas ça pour rien, intervient Amuleï, avant que le combat soit engagé.

— Venger ton honneur n'est donc pas une raison suffisante pour m'affronter, misérable petit frère, pulvérisé dans un instant d'inattention ?

— Me battre par orgueil... Tu me connais bien mal, Mérikir.

Ce dernier éclate de rire.

— Évidemment, puisque tu n'en as pas ! Soit. Pour quoi nous battrons-nous, dans ce cas ?

— Pour Klorian. Pour le jardin de statues.

— Hmm, c'est un enjeu intéressant... pour toi. Et moi, qu'est-ce que j'y gagne ?

— Si tu me défais une nouvelle fois, je m'exilerai de mon propre gré... et je ne reviendrai pas.

— Voilà une perspective alléchante... Être débarrassé de toi pour de bon, c'est sans doute ce qui pourrait m'arriver de mieux ! D'accord, marché conclu.

Les deux titans s'inclinent.

Commence alors l'affrontement entre Mérikir et Amuleï, les deux démons jumeaux de Litheira. Le premier, auréolé de lumière, se bat par ambition ;

le second, sombre comme la terre grasse et fertile, le fait pour sauver un domaine qui n'est même pas le sien. Les deux corps gigantesques se précipitent l'un contre l'autre, se jettent au sol, s'entremêlent. Les tentacules pincent, fouettent, claquent. Des étincelles, la marque des sortilèges de Litheira, embrasent les murs sertis de pierres précieuses et éblouissent Alaka, Kian et Lioro, qui assistent au duel la gorge serrée, priant pour Amuleï.

Pendant plus d'une heure, sans relâche, les forces égales de Mérikir et d'Amuleï se sont heurtées, sans permettre de dégager un vainqueur.

Alors, Mérikir décide qu'il est temps de jouer le tout pour le tout.

CHAPITRE 29

D'une forte poussée, Mérikir envoie Amuleï au plancher. Le démon noir roule sur le sol. Dans un éclair, il voit son frère grimacer, comme sous l'effet de la douleur, et projeter un objet dans sa direction. Amuleï se relève aussitôt... pour mieux retomber. Il baisse les yeux et constate qu'un câble fin est noué autour de ses membres. Puis, il comprend : il s'agit d'un tentacule de Mérikir, qu'il s'est lui-même arraché.

— Beau coup, lance-t-il à ce dernier, mais ce ne sera pas suffisant pour me vaincre !

Le démon chatoyant rit méchamment.

— Je ne sais que trop bien quel est ton talon d'Achille ! Les silkas en détresse... ou de pauvres petits humains sans défense !

Et profitant du fait qu'Amuleï est prisonnier de sa chair, Mérikir glisse sur la pierre jusqu'aux enfants, tentacules tendus, pour s'emparer d'eux. La voix de son frère tonne alors derrière lui.

— J'ai dit que tu ne leur ferais aucun mal !

Une puissante étincelle explose au-dessus de Mérikir et le fait vaciller. Cela permet à Amuleï de se dématérialiser, de voler hors de ses liens et de venir se poster devant les enfants, tel un écran protecteur. Alaka bondit sur ses pieds, imitée par les deux garçons. Ils se pressent les uns contre les autres.

— Cache ça..., glisse le démon noir à l'oreille de Kian.

Il dépose entre ses mains une mince corde, d'environ deux mètres de long : c'est le tentacule nimbé de lumière de Mérikir. Kian l'enroule sur lui-même et le fourre rapidement dans le sac de premiers soins qu'il porte en bandoulière.

Près de lui, d'Alaka et de Lioro, Amuleï n'a toujours pas repris sa forme de méduse et ne semble pas vouloir le faire. Ses particules sont déployées en une fine couche de poudre grise, qui ondule comme un drapeau. Il s'approche d'eux, les frôle à peine. Il enveloppe leurs jambes, leurs bras, leur tête. Il laisse un espace devant les yeux de Kian et d'Alaka, afin de ne pas obstruer leur vue. En quelques secondes, les enfants se retrouvent dans un brouillard épais et sombre, à couper au couteau. Ils ne semblent plus former qu'un seul corps à trois têtes, à cinq bras, à six jambes, protégé par une armure merveilleuse. Une armure vivante, mouvante, qui suit avec précision tous leurs mouvements. Car chacun des grains de poussière qui composent le corps d'Amuleï est animé du désir de les défendre contre les coups de son frère.

Mérikir soulève deux de ses tentacules et applaudit sans conviction.

— Quels réflexes ! Je suis impressionné. Si j'étais plus humble, je dirais sans doute que tu viens de me faucher l'herbe sous le pied. Mais gageons que tu auras un peu moins de facilité à riposter à mes assauts, maintenant que tu t'es encombré de ces trois humains !

Et, sans plus attendre, il se jette sur lui. Il brandit au-dessus de la large ombrelle qui lui sert de tête quelques-uns de ses tentacules, noués ensemble pour former une massue.

C'est Lioro qui réagit le premier. Il tire son fouet de sa ceinture et le fait claquer dans la direction de Mérikir. La lanière végétale s'enroule autour de ses longs membres. Le démon est aussitôt stoppé dans son élan. Mais il se secoue pour se libérer, et Lioro sent qu'il ne pourra pas tenir longtemps.

— Kian, aide-moi ! le presse-t-il.

De sa main unique, son ami agrippe le manche tressé du fouet, par-dessus les doigts de Lioro. Une couche de particules supplémentaire se déploie ensuite sur leurs mains jointes, et il leur semble alors beaucoup moins difficile de conserver leur prise sur l'arme.

— Ne lâchez pas, les garçons ! les encourage Amuleï. Alaka, ça va être à toi !

— D'accord! dit-elle en empoignant son bâton.

D'un geste redoutable d'efficacité, elle en assène un coup entre les yeux de Mérikir.

Pour la première fois depuis le début de l'affrontement, le démon à la peau d'ambre s'effondre. Cependant, il ne lui faut que deux ou trois secondes pour se relever, à peine sonné. Puis, il se métamorphose. Il choisit l'apparence d'un kiakal, animal aux pattes fines, ce qui lui permet de se libérer du fouet de Lioro. Autre avantage : Mérikir peut maintenant commander par la pensée à ses fidèles kiakals, une douzaine de bêtes qui jusque-là patientaient, immobiles, le long des murs. Les créatures se dressent sur leurs pattes élancées, le poil hérissé sur l'échine. À pas lents, elles avancent et se rangent de chaque côté du chef de la meute, ce kiakal au pelage chatoyant. Mérikir.

— Nous avions dit que ça ne concernait que toi et moi, fait remarquer Amuleï avec amertume.

— C'est toi qui as rompu notre accord en faisant intervenir tes humains.

— Tu voulais les attaquer! Je n'ai fait que les protéger!

— Quoi qu'il en soit, tu n'as pas respecté les règles. Alors, moi non plus.

Puis, il pousse sous le haut dôme qui coiffe la montagne un cri à glacer le sang, à mi-chemin entre l'aboiement et le hurlement. Répondant au signal, les kiakals autour de lui bondissent, deux fois plus haut que ceux qu'il a dû affronter avec Alaka, Kian et Lioro, non loin du champ de lave.

— Ces kiakals sont ensorcelés, avertit Amuleï. Ils seront beaucoup plus coriaces que ceux que nous avons déjà rencontrés !

Mérikir, assis sur son arrière-train, contemple le spectacle. Un rictus déforme ses babines.

— Voyons voir ce que tes humains pourront faire contre mes kiakals, Amuleï !

— Plus que tu ne saurais imaginer ! réplique Alaka avec fougue.

Elle fait voler l'un des animaux à travers la pièce d'un seul coup de bâton. Le soutien d'Amuleï décuple la force de ses mouvements. Elle abat son arme sur la tête d'un deuxième kiakal. Le choc est tel qu'elle peut sentir le crâne éclater en miettes sous les oreilles froissées. Elle grimace de dégoût, mais projette aussitôt l'extrémité de la branche sur une nouvelle victime.

De son côté, Lioro ne se débrouille pas mal non plus, avec l'aide de Kian, mais son fouet s'avère moins expéditif que le bâton d'Alaka. Enroulée autour du cou d'un kiakal, la lanière doit être maintenue assez longtemps pour que l'animal perde conscience. Pendant ce temps, les silhouettes fauves n'en continuent pas moins de pleuvoir sur le trio défendu par Amuleï. Le démon réussit à les repousser mais, divisée ainsi entre chacun des enfants, son énergie faiblit. Sans compter que son long corps à corps avec Mérikir l'a fatigué.

— Les enfants, dit-il assez bas pour n'être entendu que d'eux seuls, nous gaspillons nos forces contre les mauvais adversaires. Sans son mâle dominant pour lui dicter ses ordres, la meute abandonnera la partie. Allez, tous sur Mérikir !

Tous trois approuvent, et Amuleï les transporte d'un coup devant son frère. Surpris, ce dernier saute sur ses pattes en grognant. D'un jappement, il rappelle les kiakals restés derrière.

— Alaka, le coup de grâce ! ordonne Amuleï.

La jeune fille brandit son arme bien droite au-dessus de sa tête, avec l'intention de l'abattre sur le crâne de Mérikir. Mais avant qu'elle ait pu le faire, elle sent que le bâton s'agite entre ses doigts, qu'il vibre de fureur. Elle lève les yeux : des bourgeons apparaissent sur le bois, puis des feuilles en jaillissent, qui croissent à toute allure.

— La... la branche de Pholia ! s'affole Alaka.

Horrifiée, elle veut la lâcher, mais ses doigts refusent de lui obéir. Au bout du bâton naissent alors deux nouvelles ramifications, qui se tordent comme des asticots grouillants. Elles s'allongent, se couvrent d'une verdure éclatante et, sans avertir, se jettent à la gorge de Mérikir. Les deux griffes végétales agrippent le cou du démon chatoyant et serrent, un tout petit peu à la fois, comme pour savourer longtemps la vision de sa gueule béante, de ses yeux exorbités par la surprise et l'affolement, de ses pattes qui patinent sur la pierre lisse... avec une mollesse de plus en plus inquiétante.

Désemparée, incapable de la lâcher ou de la diriger, Alaka contemple la branche de Pholia ; ce qu'elle a cru être un simple bâton est devenu, entre ses mains, l'instrument de la vengeance des Sœurs Vertes de Klorian. Et les doigts de bois serrent, serrent, étranglent sans pitié le maître des Forges qui a juré leur perte.

— Amuleï, fais quelque chose ! Il va mourir !

Autour d'eux, les kiakals tournent en rond, confus. Amuleï abandonne son rôle d'armure vivante pour se porter au secours de son frère. Il prend la forme de ce rongeur à double queue, celui qui a coupé la branche de Pholia, dans le Palais Enchevêtré. Avec ses pattes minces, il court le long du bâton, jusqu'à l'endroit où le bois se scinde en deux pour se refermer sur la gorge de Mérikir. Amuleï penche la tête sur les serres végétales et se met à les grignoter de ses dents tranchantes, aussi vite qu'il le peut. Son frère le supplie du coin de l'œil, au bord de l'évanouissement. Des sons effrayants, rauques, s'échappent de sa gueule entrouverte.

Les doigts de Pholia tombent sur le sol, avec un bruit sec de bois mort.

Mérikir, enfin libre, s'abat comme une masse en poussant un râle. Sa poitrine se soulève et s'abaisse avec difficulté, mais il est bien vivant. Soulagé mais surtout vidé, Amuleï vient s'affaisser contre le dos de son frère.

— Décidément, tu as la fâcheuse habitude de sous-estimer ceux à qui tu t'attaques.

Alaka et Kian craignent que Mérikir ne s'offusque encore des critiques d'Amuleï. La jeune fille passe un bras protecteur autour des épaules de Lioro.

Mérikir soupire. Le souffle lui revient peu à peu.

— Tu... tu l'as dit... mon frère...

CHAPITRE 30

C'est avec un air très digne que Mérikir s'engage dans l'escalier qui mène à l'extérieur. Il a repris sa forme d'énorme méduse, tout comme Amuleï. Ce dernier lui emboîte le pas, talonné par Alaka, Kian et Lioro.

Les enfants se retrouvent sur le balcon en demi-lune, suspendu à mi-hauteur entre le sol et le sommet de la montagne. À leurs pieds, un spectacle désolant leur coupe le souffle : le jardin de statues humaines de Mérikir.

— Quelle horreur..., s'émeut Alaka en se retenant à la balustrade.

Elle n'imaginait pas qu'il y en aurait autant. Une foule compacte s'étend à perte de vue, d'est en ouest, s'effritant en périphérie. Elle se tient immobile, paralysée. Sous la dureté du soleil d'après-midi, tout ce marbre scintille comme de la neige fraîche et brûle les yeux. Les corps sont figés dans toutes sortes de positions bizarres, comme si leur mécanique s'était enrayée en cours de route. Mais le plus terrible reste l'expression de leur visage : les bouches sont tordues, et les sourcils froncés au-dessus d'yeux vides. Malgré leurs jambes qui ne leur obéissaient plus, tous ces gens ont refusé jusqu'au dernier moment de venir ici. Et même pétrifiés, ils le refusent encore.

Les enfants demeurent sans voix. Lioro, qui ne peut voir les statues, en devine le nombre grâce à son sonar. Il y en a tellement ! Alaka se presse contre son frère et dit :

— Comment allons-nous faire pour retrouver nos parents là-dedans ?

— Ce n'est pas important, répond Lioro. Tout ce qui compte, c'est de savoir qu'ils seront bientôt libérés de cette malédiction. Pas vrai, seigneur Mérikir ?

Le démon le toise de ses quatre yeux avec un air qui en dit long sur son envie de s'exécuter.

— C'est l'heure de respecter votre promesse, dit Alaka.

Mérikir se tourne vers le jardin de statues et admire les sujets de Klorian réunis à ses pieds.

— Je pourrais ne pas le faire. Ce serait amusant de voir votre mine dépitée à tous les quatre, surtout après les efforts que vous avez déployés.

— Mais ce n'est pas comme ça que les choses vont se passer, déclare Amuleï d'un ton catégorique.

Le démon chatoyant se tourne vers lui. Les deux frères s'affrontent du regard, et c'est Mérikir qui finit par baisser les yeux.

Il grimpe sur la rambarde, enroulant la moitié de ses tentacules autour des barreaux pour stabiliser sa position. Il élève au-dessus des milliers de têtes immaculées ses bras restés libres et les balance dans la brise. On dirait des fils de soie argentés. Au bout de chacun d'eux naît une étincelle, qui enfle rapidement jusqu'à atteindre la taille d'une prune. Les petites sphères deviennent des braises ardentes, dont les langues de feu remontent en dansant le long des tentacules de Mérikir. Alaka pousse un cri en le voyant dévoré ainsi par ses propres flammes.

— Ne crains rien, fait Amuleï. Ce n'est qu'une illusion. Ce feu-là ne brûlera personne.

Alaka recule malgré tout contre la porte métallique. C'est alors que le ciel lui-même s'embrase. L'incendie monte et court à grandes enjambées jusqu'à l'horizon, coiffant le sommet du pic rocheux d'un immense chapeau écarlate. Les enfants, terrifiés, se serrent les uns contre les autres.

Puis, tout doucement, aussi légers que des bulles de savon, des rubans de feu descendent du ciel rouge jusque sur leurs têtes, leur chatouillant la nuque. Les fils grésillent en touchant la chevelure des garçons, et des étincelles jettent autour d'eux des éclats éblouissants. Alaka, aveuglée, se voile les yeux. Dès que la lumière blanche s'estompe et que le crépitement cesse, elle écarte ses paumes pour regarder Lioro et Kian.

— Le... le marbre a disparu ! s'écrie-t-elle. Vous êtes libérés du maléfice !

Lioro cligne des paupières plusieurs fois en se frottant le front, étonné par ce qu'il voit, après avoir été si longtemps plongé dans l'obscurité. Les couleurs criardes qui couvrent le ciel, passant du jaune vif à l'amarante, lui arrachent une exclamation émerveillée.

— Ouaaah... Quel spectacle !

Le plus démonstratif des deux reste Kian qui, tellement heureux d'avoir retrouvé son état normal, laisse échapper une expression de joie en levant son bras droit au ciel. Puis, il se jette sur Alaka pour la serrer contre lui.

— Attends, dit-elle en riant. Laisse-moi voir à quoi tu ressembles en vrai !

Kian s'écarte et observe aussi son propre corps. Affranchi du poids de la pierre, il se tient beaucoup plus droit et semble plus grand. Ses cheveux ne sont plus blancs, mais noirs, et tout ébouriffés.

— Oh, Kian ! fait soudain Alaka d'une voix étranglée. Ton... ton bras...

Le garçon penche la tête vers son épaule gauche, celle que le kiakal a fait voler en éclats lors du combat dans la charrette, réduisant son bras à une poignée de gravier. Celui-ci manque toujours. Une cicatrice claire marque la chair à l'endroit où il aurait dû se trouver, au bout de la clavicule.

— Il... il n'est pas revenu..., s'attriste Alaka, et des larmes lui montent aux yeux.

Kian serre les lèvres ; son enthousiasme vient de retomber d'un coup. Alaka attrape un tentacule de Mérikir.

— Pouvez-vous faire quelque chose pour lui ? Je vous en prie...

— Je suis occupé, répond-il, agacé. Et son amputation n'a rien à voir avec mon sortilège. Je ne suis pas en mesure de l'aider.

La jeune fille proteste.

— Ce sont vos bestioles qui lui ont fait ça ! Les kiakals ! Prenez vos responsabilités !

— Je te dis que je suis incapable de régler son problème ! répète Mérikir. Maintenant, laisse-moi terminer mon travail.

En désespoir de cause, Alaka se tourne vers l'autre démon, celui qui a déjà tant fait pour eux :

— Amuleï ? implore-t-elle.

— Je suis désolé...

— Mais tu m'as guérie de ma folie ! Ça devrait être facile de redonner son bras à Kian !

— Je suis parvenu à te ramener à la raison parce que ta démence prenait sa source dans ma propre magie. C'est de moi que Lioro tient la note qui t'a frappée. Pour Kian, je suis impuissant. Il y a des miracles que même les démons de Posséteira ne peuvent accomplir.

Alaka baisse la tête. Kian lui met la main sur l'épaule.

— Ce n'est pas grave. Au moins, j'ai retrouvé l'usage complet de mon bras droit.

Lioro interrompt leur conversation.

— Hé! note-t-il, penché sur la rambarde. Regardez ça!

Un peu plus bas, les flammes poursuivent leur descente en ondoyant et finissent par toucher le crâne des statues. Le même phénomène accompagné de grésillements et d'étincelles se produit, et une marée d'or blanc se répand sur les têtes immobiles. Les enfants plissent les yeux, éblouis. Alors que le brouillard lumineux se dissipe, une rumeur s'élève, qui prend rapidement de l'ampleur. Les statues — qui n'en sont plus — se meuvent, se regardent, ébahies. Les gens observent leur corps souple, de nouveau fait de chair et de sang. Des cris de joie retentissent. Hommes, femmes et enfants se serrent dans les bras les uns des autres. Alaka et Lioro, sourire aux lèvres, scrutent la foule, espérant y apercevoir ceux qu'ils sont venus chercher.

Lorsque Mérikir abaisse enfin ses tentacules, les flammes rouges disparaissent, laissant des traînées violettes dans le ciel. Il regroupe alors tous ses bras sous son corps d'ambre et se replie vers le palais, comme un mollusque qui se réfugie dans sa coquille. Les feux follets, blafards dans la lumière éclatante du jour, lui ouvrent la porte.

Amuleï se précipite pour le retenir.

— Mérikir, attends!

— J'ai tenu ma promesse. Je suis fatigué. Laisse-moi me retirer.

— D'accord. Je vais accompagner les enfants en bas de la montagne, puis je rentrerai avec toi.

— C'est ça, c'est ça..., soupire Mérikir en regagnant leurs appartements. Que de plaisir en perspective !

Et les feux follets lâchent la porte métallique, qui se referme en grinçant sur le démon chatoyant. Alaka fait un pas dans la direction d'Amuleï.

— Tu vas rester ici ? demande-t-elle d'une voix triste.

— Il le faut bien, avec tout le travail qui m'attend ! Si vous voulez revoir de la verdure dans les plaines de Klorian et de l'eau dans ses rivières, je vais devoir procéder à quelques ajustements... Dans quelques mois, vous pourrez déjà constater le changement : les prairies asséchées par Mérikir seront peu à peu remplacées par la bonne terre fertile qui est la marque d'Amuleï de Litheira !

Les enfants sourient à cette idée. Le démon reprend, plus sérieux :

— Et si je suis revenu, c'est bien pour retrouver ma place. Grâce à vous, j'ai pu y arriver. Je tiens à vous remercier tous les trois.

Alaka se jette sur lui pour l'étreindre avec émotion. Ses bras sont trop courts pour faire le tour du corps gigantesque. Elle enfouit son visage dans l'ombrelle douce comme du sable fin.

— Je vais m'ennuyer de toi...

Les garçons s'approchent aussi pour faire leurs adieux à Amuleï. Le démon de poussière sent son cœur de pierre s'attendrir.

— Oui... Vous me manquerez aussi.

CHAPITRE 31

Amuleï et ses protégés rentrent dans la montagne creuse. En passant devant Mérikir, Alaka, Lioro et Kian le saluent d'une révérence polie. Amuleï les conduit hors de ses appartements et les accompagne dans le dédale de couloirs, vers la sortie. Ils traversent de nouveau la grotte aux fourneaux du premier niveau, où les feux follets s'activent toujours sans sembler souffrir de la chaleur.

Amuleï en profite pour revenir sur un sujet épineux.

— Il reste un problème à régler, les enfants...

— La Tour de Guet ? demande Alaka, qui attendait justement le bon moment pour en reparler.

— Oui. Je ne veux pas vous exposer à de nouveaux dangers, mais quelqu'un doit aller voir ce qui s'est passé là-bas. Tout le problème vient de là. Mérikir n'aurait pas pu me pulvériser si nos parents avaient continué à exercer leur surveillance. Je refuse qu'un semblable drame se répète, ici ou dans un autre domaine.

Sa détermination cède la place à la contrariété.

— Mais moi, je dois rétablir l'équilibre à Litheira et à Klorian, et les Sœurs Vertes sont trop faibles. Quant aux feux follets, je ne peux compter sur leur loyauté. Voilà douze ans qu'ils n'ont plus connu autre chose que l'influence néfaste de Mérikir. Impossible de leur confier cette tâche.

— Mon offre tient toujours, déclare Alaka. J'irai.

— Quoi ? s'emporte Lioro. Tu n'étais tout de même pas sérieuse !

— Oh que si !

— Ça risque d'être dangereux !

— Le danger, ça nous connaît, avec l'expérience que nous venons de vivre. Nous nous en sommes bien tirés.

Lioro secoue la tête de droite à gauche.

— Ça ne me dit rien qui vaille... Tout ce que je veux, c'est retourner dans notre bon vieux village de Valékino.

Kian reste silencieux. Alaka ne se laisse pas démonter.

— Vous n'êtes pas obligés de m'accompagner. Laissez-moi seulement Kirkilu. Et je reviendrai aussi vite que possible.

Amuleï s'avance vers elle et pose deux tentacules sur ses épaules.

— Tu es certaine de vouloir le faire, Alaka ?

— Absolument. Ma décision est prise depuis notre séjour chez les Sœurs Vertes. Je n'ai pas changé d'idée.

— Très bien. Je te remercie du fond du cœur. Si tu réussis, tout Posséteira te sera redevable de ton geste. Et sache que, même si tu ne peux pas compter sur ma présence à tes côtés, d'une certaine façon, je serai avec toi.

La jeune fille tourne vers Amuleï un regard perplexe. Le démon enroule alors l'extrémité d'un bras autour de l'un de ses quatre yeux et l'arrache d'un coup sec. Il tend le globe à Alaka, qui le recueille entre ses mains. Un nouvel œil apparaît dans l'orbite pour remplacer l'autre.

— Je t'en prie, accepte ceci. Sors-le de temps en temps et montre-moi ce que tu vois. Je pourrai suivre la situation et intervenir en cas de problème.

— Merci, Amuleï, répond Alaka, touchée. C'est un cadeau fantastique.

Le groupe s'éloigne des fours et fait un léger détour pour récupérer Kirkilu et Mignonne dans le bâtiment des animaux. Robe brossée, estomac rempli, corps reposé : l'okoma n'a pas semblé aussi frais depuis longtemps. Heureux de retrouver ses maîtres, il ronronne, tandis que Mignonne lèche le visage de Kian, qui s'essuie en riant. Puis, Amuleï leur indique le chemin de la sortie.

Cependant, avant de les quitter pour de bon, il dit :

— Alaka, j'y ai bien réfléchi... Ce don que je t'ai fait à la naissance, celui qui te permet de saisir la réalité avec une extraordinaire acuité... Il t'empoisonne la vie. Je t'en prie, laisse-moi te le retirer.

— C'est hors de question ! s'insurge-t-elle en plaquant une main sur son cœur. J'aurai besoin de savoir si une catastrophe se prépare lorsque je me rendrai à la Tour de Guet.

— Oui, mais tu ne pourras rien faire là-bas si tu es malade !

— La pommade de Kian atténue mes symptômes. C'est suffisant pour que je puisse me débrouiller. Et je refuse que tu m'enlèves ma façon de percevoir le monde... Ce don fait partie de moi, de ma personnalité. Je veux rester comme ça.

— Tu en es bien certaine ?

— Absolument !

Amuleï sourit.

— Tu possèdes un grand courage, Alaka. Un courage qui te vient de toi-même et qui ne relève d'aucun don. Va, avec Lioro, et que vos parents croisent rapidement votre chemin !

Ils étreignent leur protecteur une dernière fois avec émotion et s'inclinent devant lui. Alaka passe son bras autour du cou de Lioro. Ils sortent à l'air libre, Kirkilu sur les talons. Kian s'apprête à les imiter, mais Amuleï lui pose un tentacule sur l'épaule pour le retenir. Il murmure à son oreille :

— Conserve précieusement pour moi ce que je t'ai remis, tout à l'heure, pendant le combat. Tu ferais bien de le placer dans un bocal fermé hermétiquement, que tu cacheras en lieu sûr.

Kian comprend qu'Amuleï fait référence au tentacule brillant de mille couleurs, celui qui appartient à Mérikir. Il serre son sac de guérisseur contre sa poitrine et fronce les sourcils.

— Il va bien finir par se rendre compte qu'il lui manque un morceau...

— Dès que sa colère et sa honte retomberont, sans doute, confirme Amuleï. Mais je m'en occupe. Je lui dirai que je l'ai dissimulé là où il ne pourra le trouver, pour me prémunir contre lui.

— Ne devrait-on pas plutôt le lui rendre ?

— Non, surtout pas, répond Amuleï en secouant sa tête immense de gauche à droite. Sans cette partie de lui-même, aussi insignifiante soit-elle, Mérikir sera moins puissant que moi. Finis les coups bas et les ambitions dévastatrices que je ne puis contenir. Litheira ne s'en portera que mieux, ainsi que le reste de Posséteira.

— Mais tu as toi-même offert l'un de tes yeux à Alaka...

— C'était un cadeau, justement. Offrir une partie de soi, pour un démon, ne le diminue en rien. Pour Mérikir, c'est différent : il s'est servi de son tentacule pour me faire du tort. Rien ne repoussera à l'endroit où il se l'est arraché.

Ils s'étreignent, puis se séparent.

Alaka, Lioro et Kirkilu sont déjà dehors et observent la foule en attendant Kian. Celui-ci les rejoint avec Mignonne. Tous ensemble, ils s'engouffrent dans la masse mouvante, se tenant par la main pour ne pas se perdre. Il y a un monde fou ! Certains célèbrent leur libération à grand bruit, discutent d'un air joyeux avec leurs voisins, tandis que d'autres parcourent la foule à la recherche de leurs proches. Des appels fusent de partout dans les jardins des Forges.

— Lioro ?

— Oui, Kian ?

— Ton sonar, il te permet de repérer quelqu'un en particulier ?

— Ce serait trop beau. Je peux déterminer s'il s'agit d'un enfant ou d'un adulte, mais rien de plus.

Kian se résigne.

— Il va falloir y aller avec la bonne vieille méthode. Quel est le nom de vos parents ?

— Notre père s'appelle Reïmo, et notre mère, Irin, répond Alaka.

Kian met sa main en porte-voix.

— Reïmooo ! Iriiin ! Nous cherchons Reïmo et Irin du village de Valékino !

Alaka et Lioro joignent leurs cris à ceux de leur ami. Des gens se tournent vers eux, observent leurs visages. Eux aussi sont à la recherche de quelqu'un. Les trois compagnons croisent des hommes, des femmes, des vieillards, des enfants... et cette jeune fille à la tête enveloppée dans un foulard de toile grossière, devant laquelle Alaka s'arrête soudain. Pour une raison qui lui échappe, elle est bouleversée.

— Excuse-moi, dit Alaka en la dévisageant. J'ai l'impression de te connaître... On ne se serait pas déjà vues quelque part ?

La fille au foulard reste de glace.

— Non.

Puis, elle lui tourne le dos et poursuit son chemin en se faufilant entre les gens.

— Ah bon, d'accord..., murmure Alaka pour elle-même. J'aurais pourtant cru...

— Alaka ! appelle Lioro un peu plus loin. Tu viens ?

— Oui, j'arrive !

Elle rejoint ses amis. Tous les trois, ils arpentent longtemps la marée humaine en s'égosillant. Ils crient le nom de Reïmo et d'Irin à tue-tête, tentant d'élever leur voix au-dessus du vacarme ambiant. Deux heures passent sans que le succès couronne leur entreprise. Puis, Lioro agrippe le coude de sa sœur.

— Regarde, Alaka ! C'est Arabel, notre voisine !

— Tu en es sûr ?

— Oui, elle est avec le petit Nati ! Père et mère doivent traîner dans le coin ! Ils sont tous partis ensemble, quand ils ont senti l'appel de Mérikir ; j'imagine qu'ils sont arrivés ici à peu près en même temps. Viens, on va lui demander si elle les a vus !

Laissant Kian et les animaux derrière, Lioro et Alaka se précipitent vers la jeune femme, occupée à consoler un garçonnet aux cheveux noirs. Elle les reconnaît aussitôt.

— Alaka, Lioro ! Vous êtes sains et saufs !

— Bonjour, Arabel ! Nous sommes heureux de vous avoir trouvée ! Nous cherchons nos parents... Les auriez-vous croisés, par hasard ?

— Reïmo et Irin ? Justement, ils...

Une exclamation tonitruante retentit, interrompant Arabel.

— Ah, les enfants ! Vous voilà enfin !

Le frère et la sœur tournent la tête d'un même mouvement vers la voix. Se frayant un chemin dans la foule, un homme costaud à la grosse barbe blonde se hâte vers eux.

— Père ! disent en chœur Alaka et Lioro en se jetant dans ses bras.

— Je vous ai retrouvés ! Comme je suis heureux !

— Et mère ?

— Je suis là, mes chéris ! répond une jolie brune en apparaissant derrière Reïmo. Quel soulagement de vous revoir ! Déjà que j'ai bien dû passer une heure à chercher votre père dans cette mer de monde... J'étais en train de devenir folle d'inquiétude à votre sujet !

Les retrouvailles sont joyeuses. La famille s'offre une gigantesque accolade, puis tout le monde se met à parler en même temps. Autour d'eux, le va-et-vient est incessant, et ils se font bousculer.

— Venez ! les invite Reïmo de sa voix de basse. Nous ferions mieux de rejoindre les autres habitants du village, si nous ne voulons pas les perdre de vue.

— Attendez ! hésite Alaka. Où sont Kian, Kirkilu et Mignonne ?

— Ça va, nous sommes ici !

Kian tente tant bien que mal de faire avancer Kirkilu, en le tirant par la bride. L'okoma n'a pas l'habitude des foules et se montre nerveux sans Lioro à ses côtés. Mignonne le suit, fidèle, en évitant les coups de pied accidentels.

Alaka fait les présentations.

— Père, mère, je vous présente Kian, un ami que nous avons rencontré sur notre route.

— Sur votre route ? répète Irin, sans comprendre. Vous avez pu vous faire un ami malgré l'emprise du sortilège ?

— C'est un peu compliqué, avoue Alaka avec un sourire. Mais je peux vous dire que Kian nous a été d'une aide précieuse.

Le garçon, gêné par son handicap, se place de biais pour cacher qu'il lui manque un bras. Reïmo n'en tient pourtant pas compte et étreint Kian comme s'il retrouvait un vieux copain perdu de vue depuis longtemps.

— Salut, mon grand ! Content de faire ta connaissance !

— Oui... moi aussi, monsieur..., bredouille Kian, surpris par cet accueil chaleureux.

Après qu'Irin a aussi salué le nouveau venu en l'embrassant sur les deux joues, Reïmo les entraîne tous à la queue leu leu à travers la foule compacte, jusqu'à ce qu'ils tombent sur un grand cercle formé par les habitants de Valékino. Les voisins saluent l'apparition des enfants avec de grands cris joyeux. Kian se retrouve mêlé à la masse un peu contre son gré, et serre des mains inconnues durant de longues minutes. Les gens commencent à s'organiser, cherchant d'abord à déterminer comment ils pourront se procurer de la nourriture. Mais la famille nouvellement réunie en a long à se raconter. Reïmo, Irin, Alaka, Lioro et Kian s'installent, tassés dans un coin avec Kirkilu et Mignonne, et tandis que le soleil se couche sur Litheira, les enfants narrent en détail leur extraordinaire aventure à leurs parents.

CHAPITRE 32

Cette nuit-là, tous les habitants du domaine de Klorian dorment ensemble à la belle étoile, sous l'œil protecteur d'Amuleï, du haut de sa montagne.

Dès l'aube, l'agitation reprend la masse humaine. Les gens sont impatients de rentrer chez eux. La veille, lorsqu'ils ont été libérés du maléfice, les estomacs étaient vides, et la journée trop avancée pour qu'on songe à se mettre en route. Par ailleurs, personne n'aurait pu envisager de partir avant d'avoir retrouvé ses proches, et dans cette foule, la chose était loin d'être évidente. Une fois que cette question a été réglée, une équipe composée des meilleurs chasseurs de tous les villages s'est éloignée du groupe, à la recherche de gibier. Le festin de lézards dodus et de rongeurs à la chair tendre s'est poursuivi jusque tard dans la nuit. Mais, avec le lever du soleil, il est temps de quitter le domaine de Mérikir.

On s'empresse d'avaler les quelques noix qu'Alaka a tirées de son sac à provisions.

Kian laisse tomber un objet sur les genoux de son amie.

— Tiens, cadeau.

Elle baisse les yeux pour voir de quoi il s'agit.

— Mais... c'est la pommade de Pholia! Tu ne peux pas m'offrir ça!

— Je préfère que ce soit toi qui l'aies. Comme ça, dès que tu te sentiras mal, tu pourras en prendre une dose... Même si je ne suis pas auprès de toi.

— Je ne...

— Inutile d'insister, la coupe Kian. Elle est à toi maintenant.

Et il s'éloigne d'un pas vif avant qu'elle ait pu ajouter quoi que ce soit.

Vient l'heure de se mettre en marche.

Reïmo et Irin sont soulagés de laisser derrière eux cet endroit sinistre que demeurera à jamais dans leur cœur le jardin des Forges. Valékino leur manque. Enthousiastes, ils se pressent avec Alaka et Lioro à la suite des autres groupes qui désertent les lieux, bavardant avec entrain.

Alaka jette un coup d'œil par-dessus son épaule : Kian est resté loin derrière eux, Mignonne assise à ses pieds. Ils demeurent ainsi sans bouger. Lioro s'aperçoit lui aussi que leur ami ne les suit pas.

— Hé, Kian! l'appelle-t-il. Qu'est-ce que tu fais?

Mais plutôt que de se décider à les rattraper, le garçon leur envoie la main. Alaka fronce les sourcils.

— Restez ici. Je vais le chercher.

Elle court le rejoindre. Lorsqu'elle arrive près de lui, Kian baisse les yeux. La jeune fille lui tend la main.

— Tu viens, Kian?

— Je... je ne crois pas, répond-il en évitant son regard.

Alaka le considère, surprise.

— Pourquoi? Ah... C'est pour ça que tu m'as donné la pommade... Tu préfères retourner à Rikavika, ton propre village.

— Tu sais bien que personne ne m'attend, là-bas. Ce n'est pas ça.

— Qu'est-ce qu'il y a, alors?

Kian se montre de plus en plus mal à l'aise. Il gratte la terre sèche du bout du pied.

— Je ne veux pas être un boulet pour ta famille.

— Mais tu n'es pas un boulet! affirme Alaka. Tu as bien entendu mes parents, hier soir: ils seraient très heureux que tu acceptes d'habiter avec nous.

— Je ne sais rien de la chasse ou de la culture des champs... Je ne serais qu'une bouche de plus à nourrir.

— Tes talents de guérisseur seraient appréciés, à Valékino.

Kian perd patience et se frappe la poitrine de sa main unique.

— Alaka, regarde-moi! Je ne suis qu'un misérable manchot!

La jeune fille sourit. Elle fait un pas vers lui et pose les doigts avec délicatesse sur son épaule amputée.

— Tu as prouvé à plusieurs reprises durant notre voyage que tu pouvais très bien te débrouiller avec une seule main. Et puis, il y a là...

Elle désigne le front du garçon.

— ... quelque chose qui compense largement ce bras perdu.

Puis, elle pose à plat sa paume sur son cœur.

— Et là encore plus.

Kian rougit.

— Je ne sais pas... Tu... tu ne me trouves pas monstrueux comme ça ?

Il passe la main sur son moignon, où s'étend une cicatrice aussi blanche que le marbre. Alaka regarde Kian bien en face.

— Je ne te trouverais pas monstrueux même si tu devais perdre tous tes membres et que le reste de ton corps était couvert de pierre. Tu n'as jamais rien eu d'un monstre, ni avant que Mérikir annule le sortilège, ni après. Tu comprends ?

Kian, troublé, esquisse un sourire.

— Ce n'est pas ce que tu disais lorsque tu avais perdu l'esprit...

— Justement, je n'avais pas toute ma tête... Mais ce n'est pas le cas aujourd'hui. Je pense vraiment ce que je dis.

— M... merci..., bafouille Kian.

— Alors, tu acceptes de venir vivre avec nous ?

Il hoche la tête en signe d'assentiment.

— D'accord. Mais avant, j'irai avec toi à la Tour de Guet. Si tu te blesses, je pourrai te soigner.

— Je serais très heureuse que tu m'accompagnes ! Mais je veux que tu reprennes ça. C'est à toi que Dame Pholia l'a donné.

Elle passe le cordon qui retient la pochette de pommade par-dessus sa tête et l'enfile autour du cou de Kian.

— Voilà qui est mieux. Allons-y, maintenant ! Les autres nous attendent !

Alaka prend la main de Kian et l'entraîne vers le petit groupe formé de sa famille et de Kirkilu. Mignonne gambade derrière eux comme un chien fou, la langue au vent.

À quelques mètres de là, parmi la foule qui s'éloigne des Forges, une jeune fille coiffée d'un foulard de toile marche avec les autres pour regagner le domaine de Klorian.

L'AUTEURE

Eve Patenaude est née à Saint-Isidore, a étudié à Sherbrooke et vit présentement à Montréal. Bachelière en littérature, elle a travaillé comme rédactrice de sous-titres pour malentendants. Depuis quelques années, elle se consacre à l'écriture. Elle lit beaucoup, car c'est essentiel à sa survie. À la courte échelle, elle a publié en 2010 et 2011 une trilogie pour les douze ans et plus, intitulée *Les pulsars*. Le premier tome, *L'abeille de Lokïmë*, s'est classé troisième au concours É-lisez-moi 2010.

À PARAÎTRE

Tome 2

Kora fait partie des Enfants de Nivia, groupe pacifique dont les membres apprennent la diplomatie, ainsi que l'art magique de maîtriser la glace. Mais à la veille de sa première mission à l'étranger, Kora découvre que l'organisation à laquelle elle appartient est en réalité une armée aux ordres de Leïta, l'une des démones de glace, qui convoite le domaine des Frères Silencieux. Pour déjouer ces funestes desseins, elle prend le chemin de la Tour de Guet, dans l'espoir de retrouver Noénia et Okireï, disparus il y a douze ans. Ils sont les seuls à pouvoir rétablir la paix. Kora va croiser sur sa route Alaka, Lioro et Kian. Une nouvelle aventure commence...

Vous avez aimé l'univers de *La Tour de Guet* ?
Montez à bord du vaisseau l'Area...

Apikela, une organisation basée sur la Terre, a lancé la flotte de six cargos dont l'Area fait partie. Leur mission : arracher au dragon-dieu Lokimë l'Abeille qu'il porte dans sa gorge et qui a le pouvoir de ramener un défunt à la vie. La vie sur l'Area sera bouleversée par l'arrivée de Shila, jadis emportée par une tornade du désert.

TOME 1
L'abeille de Lokimë

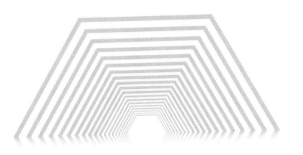

TOME 2
Les étoiles mortes

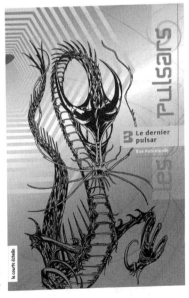

TOME 3
Le dernier pulsar

Achevé d'imprimer en février 2012
sur les presses de l'imprimerie Gauvin,
Gatineau, Québec